U0717778

年轻人，请忍受一下　　丝绒陨诗集　　丝绒陨 著

GUANGXI NORMAL UNIVERSITY PRESS
广西师范大学出版社

·桂林·

目 录

涌 来

乡间诡黠的线条涌来，向我涌来
童年，一大片麦子低伏着，和午后
蝉的噪鸣一股脑儿向我涌来

破旧中巴车窗外倒退的庄稼和电杆
涌来。县城的夜晚，柏油路上
车灯沉郁的反光涌来

拂晓时分，去陵园的路上大雾涌来
对面的人向我涌来。自行车铃铛声
涌来，桑葚的紫向我的嘴唇涌来

与之相似，一次年少负气的
打斗中，一股奇异的暖流
向我的鼻尖涌来

时间以不可预见的轨迹前行

多年后在北京，一个失眠的晚上
工地上打桩机的轰隆声突然涌来

一个陌生女人的爱迟疑地涌来
血的气息涌来，像红色的大漆
成为一个夜晚特殊的标记

一棵桑树失魂落魄的叶子重新涌来
一群游泳的人涌来，海浪向我涌来
羞耻在一个晴朗的下午独自涌来

参加的某个婚礼上，喧闹声伴随
酒杯中的泡沫涌来。关于恋情
和婚事的询问纠纷一样涌来

身体的泉怀着清澈的敬意
节日伴随着衰老缓缓涌来
一个下午我默立镜前

镜中的我几乎是倒向我

终于向我涌来……

2015 年 11 月 23 日

覆 舟

忘记如何学会行走

进而奔跑、跌倒；

忘记如何开始爱

并忍受着口拙百般练习

对着镜子开口；

忘记是出于何种缘故

在何种情形下，施加伤害

于他人，进而步上一条道路

——满是荆棘；忘记我们

是怎样相识，又是怎样站在了

峡谷对立的两边；

忘记故国的疆土如何一步步缩萎

忘记一手建立的家园

因何不得久住，又如何租住给

后来的彷徨者——

当他们三五成群，涌动在

迷雾朦胧的夜晚，我们疏于捕捉；

忘记早晨醒来，微微睁开的眼睛

——望见彼此眼睛里的光

而现在呢？只不过是在稍晚的时候

寒冷侵袭过后，生活仍然是静悄悄的

（像是没有被人动过）千百年来

依旧如此。只剩不设防御的工事

坍颓的房屋，野狗在废墟里转来转去

找寻活口。肮脏的镜片上

沾满了尚未擦拭的风景

想想吧，年轻人！我们曾疯狂

不惧在风暴夜出海

总能从死里逃生

现在我们并肩坐在这里

（这一带尽是灰暗的遗迹

到处都是不再年轻的人们……）

很快便会感到困乏，灰尘等身

我们将覆舟，顺水遁入远古之远

2017 年 9 月 23 日

悲 梦

我从许多个远方来

我从情欲的真空里窥探自己

直至消失。在荒原上发声——

像有另一个人在我体内说话

严肃而不事声张。在碧绿色的

一阵紧致的风过后

蜷缩着的树木渐渐舒展

达到它力所能及的幅度

我曾被生活无意地中伤

也总是被彼时的你无故忽略……

但我仍一次次试着经过

那温柔的举止如同一场悲伤梦幻

在旧日列队向海，向不明的

路人无声呼救——我曾是

沉默的小动物，被你丢弃雨中

在逐日的死亡里向光芒攀升

2016 年 5 月 3 日

初 十

折起我的骨，像折伞在雨中
落下风伤。在冷水中刷洗骨之余
白色暗礁微露在海的凹处

从前我是一只鸟，不用做这些
徒劳的往返，只要漂泊在水上
把脚趾焊在睡眠的枯枝上

有时是水杉，有时是住蝉的乔木
再早一些我是蜉蝣，不用活太久
不用盘算黑夜过后的事情

2012 年 2 月 1 日

身体里有海，没有访客
有房间，没有镜子

有退行的马，没有捷径

有安静到可怕的时刻一个人坐着
但没有烟抽

有池子，没有满池
攒动的荷花

有雾，没有雾中人

剧场消失了
戏还在演

2016 年 1 月 6 日

秘密的金黄

时间断裂于此。我是峡谷

我是我伸手无法触及之物

我，过去是沧海的余波

现在仍然是一系列消逝事物相加的总和

我是持久的热烈，和漫长的倦怠

我是雨中雾、雾中光

我，是世间的不可透露与早已言说

我，是词语的尽头，人们表达的极限

我，是我的发现者，一片大陆的

唯一持有人。我是开发者

也是掠夺者，我牟取暴利

在自身开采矿藏……

我治理谎言带来的污染

须从源头保持古老的洁净

我，绕开我自身的光

向永恒的阴翳开敞

空气诱我呼吸。空气清新

往返于童年与死亡之间

——两道浅显的藩篱

现在我阔步，一次次回去

穿透雨的薄膜：空气仍未破败

涌入我。我听见

我，是我自己的回声

——现在，残忍的河水又一次

清空命里的泥沙……

我是冬天，迷失于栽种的乐趣

每每垂手等待——

草木尽显疲态。我愿意讲述

但也时常缄默不语

我是海，是我故事里所有的眼泪

炼出的盐融于那疲倦的浪潮

我遇见每一个人然后

紧接着就是道别……

我知道，故事与故事从来千差万别

又生着同一张面孔

总是疏忽。他人之火

不可轻信。我们浅浅的哀嚎

总会触怒沉睡中的人，我们是

无辜的肇事者。往往出于无心

灰鼠逃离的踪迹使人彻夜不得安睡

现在我们动身，要在古老的幻影下面

修建狭小的地下通道，在摇摆的烛光里

小心擦拭落灰的圣像。现在我们

已是废墟，唯有屋顶强压着

灰鼠般的慌张……

黄昏里钓鱼。河流恍惚

雨像蜂群织起秘密的金黄

充满惊奇的时刻——

我看见巨大、沉重的事物

一再停留于纤弱的事物之上

与之相称：我们在笑声里哭泣

着手准备格外丰盛的晚餐

相聚于余生。我们出门

街道、墙隅，一一从中穿越

在久远的时空里相见

"花期总要在某时结束"

事情总是发生

2017 年 6 月 27 日

星 空

冰川下，两条街道

彼此丈量，暗自低语

"道路各有不同

死亡销毁一切"

跌破膝盖的人在荒野上

停下来，如同无人认领的

蓝卡车，超载着过期的货物

坠入梦乡，凝固于蜷缩的黑暗

不止一次，他踽踽独步

在聚会散了之后，离开那群

死亡的信众，舞池中泛滥着

热情的蜉蝣，彼此钩缠着腿脚

死亡，那无法网罗的

确信无疑

可能是为了再次确认

他收集死者的声音（含有他

自己的），谎称一切已被遗弃

极冷的星，童年以来发苦的露水

死亡，那神秘的

宅子的主人，不喜社交

星空是无人对弈

2014 年 2 月 4 日

童年玩伴

死，是另外一个孩子，瘦脸

有时会来找我玩，敲门，每次都是

三下，节制而规律，形成一种习惯

像他摘下帽子露出额头的痂——

一个被火星烫伤的奇怪标记，他说

他不怪罪每日在云里抽烟和在酒潭里

潜泳的爸爸，他老了，拴在柱子上

也不能归咎于久坐在梳妆台前叹息的

妈妈。他的家在湖对面的亚麻地深处

我竟然从没有真正到那里看过

（我往那个方向去过几次，没到达就

折返回来）也不能亲眼见到他所描述的

古旧摆设，保持在各自的恰当位置

有时我还没起床，他趴在睡袋口

看着我；有时我碰巧在厨房喝牛奶

会有羽毛从窗口飘入，说起来

他总是收集些类似这样古怪的小物件

寡言的鸟，不能骑的衰老马匹

不再保鲜的鱼罐头，他大概爱这些

苔藓覆盖的事物，不喜光，背阴

不再期待生长成凶猛的形状

"太阳落山前必须回家"，出门前，妈妈

总这样叮嘱。于是我们快跑着穿过前厅

穿过一些间断的小水洼，来到

停着废弃驳船的芦苇地，原来

水洼与水洼之间是这样连接的

你取下帽子给我看你的痂

你甚至从怀中抱出猫来，说这是魔术

出于敬佩，也出于自尊，我说

这没什么好奇怪的，我还曾经把一只

斑斓的老虎抱在怀里呢，又亲手把它

放生。这时一只野鹧鸪飞过头顶

沿着发光的曲线你去追逐

仿佛热爱一种坠落，你跑起来像是

海水涨潮，水洼渐吞没芦苇地

它消失，像一片无辜的海滩被浪吃掉

空手而归，你摊开双手，一脸悲伤

"人们总说要去远方跳一支舞，但也
总是不知要去哪里，有时又去得太远
忘记回家。"每当这时就意味着告别了
我抬头看看水洼，水洼发育而成的湖
湖那边烈火烧过的云鬓，他的家
他说那不过是另一个标记，和额头上的
一样。我于是踏着并不连贯的水花
独自走回来，而我年少孤独的玩伴
总是背道而驰

2012 年 3 月 11 日

雨逆流

那年有一场尤其静谧的雨
你遇见死亡，举着油漆未干的
双手，沮丧着脸朝你走来
耸肩，双手垂落，不知是雨水
还是油漆，还是无色无味
痛苦的汁液，从植物般的手臂
淌下来，央求你也躺下来
像梦里你躺在某个柔软的地方

自童年起，你便冒雨而来
身披雨衣，和气雾反射的水光
你一言不发，手捧着雨的骨骸

2013 年 11 月 24 日

脱力书

某种正在消失的热情
托举着我。我感到它自身的
重力，和附着其上的
逐渐变弱的力量

我感到花冠正在
以诀别之姿迅速枯萎
或许我因此便可以
一夜读懂漫山白雪

像所有悲哀的事物一样
密林中的金丝雀一夜未眠
由于害怕遥远的距离
她在树枝间纵横跳跃

想想死亡，只是平静的一天
出门，去某个池塘。多少野花

会像头发一样密密生满颅骨

想想我将成为比风更轻的尘埃

怎可像迷恋灰烬一般

执着于虚妄的燃烧

怎可因双目炽烈、微盲

而贪恋暗夜久置的凉爽

2015 年 7 月 31 日

没有不孤独的人

没有不孤独的人。尽管我们
走在同个世上，道路是他人的道路
也分别是我们自己的

没有不孤独的人。尽管我们
走在同个城市，看窗外的同一场雪
在它行将消逝之际

我们对寂静的理解总是千差万别
出现在同个舞会，没有舞伴的时刻
却总是更多一些

在两个下午。你和我，在同一间咖啡馆
陷入相似的安静时刻，阅读同一本书
手指将同一页翻向它的背面

在同一件美丽事物面前我们的

两次惊叹，如同相距遥远的涟漪
发自大湖渺茫的两端，历久才会波及

而我们在这短暂、漫长的时光中
消磨自我。却从未洞悉时光那迷人的疏忽
甚至我们，遇见过彼此——

在偶然的池塘，或必然的隧道
甚至在梦中，同一片星空之下，我们去过
同个地方。只是从未结伴而行

正是在这亲密的黑暗之中我看见
事物相互接近的可能。一面镜子没有照见
另一面镜子，只因我们没有把光投入其中

2016 年 2 月 14 日

我的心是没有人的街道

我的心是没有人的街道
清空了，午夜的，烈日炎炎
这心有洁癖的街道延伸到哪里

我的心造出商店，转角，阁楼
没有人擎着的伞，没有人在雾里
独自骑车，树木也真实，自如行动

我的心是宵禁，发觉炮火的街道
但有鞋履走来走去，无人问好的
幽灵，在舞会上遇见把心缝好的人

我的心是没有人，无底蔓延街道
我是他沉重的行李箱，就快到达
边缘，在飓风眼里，万盏盲灯下

我冷藏嗅觉在尽头，过滤醒春

一条街终于忘记，那年烟幕里

雨一场大过一场，我在录音里收信

2013 年 8 月 16 日，上海

暗　号

广场意味着有人走失

需要寻找，在建造它时

已设好分崩的时刻。有人相遇

有人离别；流浪汉在这里偷度一夜

爱情和悲剧轮番上演。尽早风干自己

为失败干杯，勾兑自己直至口感均衡

研磨自己，赤裸着迎接黎明——

是明令禁止的。今天我的潮水

无法克制，又一次涌上来

表现得像一只好动的猴子

它们有时尾巴倒挂在树上

在雨中相互追赶，直抵达景深

我想，只有黑暗可以遮蔽一切言语的污点

如同烟雾相互咬合着……

我的潮水更踊跃了，由内而外

像隐藏在林间的一家人，已对平和

深感厌倦；所有拜访薄得无所谓拨动

如同钟表的指针死于一次假想的撞击

然后是哀悼，丧偶的人纷纷坐下，这表明——

死亡，终于短暂地攫住人们的生活

召集那些污秽的支流，一小片藏人的海

死亡成舟，载着生前颠沛的人

微笑着便有人怀念它

诱人复仇，怀揣好奇的花束

在黑色鸟群引发的阵阵风间

谁也说不清——他爱过谁？羞辱过谁？

投宿过多少间旅馆，徘徊过哪几条街道

包围他的仍旧是那些彻夜流涎

摇头晃脑的女演说家，拖着泪流

直至又一个夜晚耗尽。春天久久不来

一只野鸭从湖更寒冷的那头

飞了过来，像个暗号

怪异的山丘少见地填补了隐蔽的中间地带

这是大雨哄抢酒鬼的年代，这是房屋倾坍

信仰破碎的夜晚，我早就不在意屋顶和舞会

不关心黑子活动。失业后的晚餐总有人买单

不关心旅馆无人入住时的窘迫，和病房般的冷清

某种纯洁的光晕刺伤了我的双眸

终日迷途，野狗以饥饿掩护我

2014 年 3 月 28 日

漫游者之歌

四处漫游如同初生的亡灵

并不与人为伍。吊唁的人群

已经散去，我把自己永远

遗失在广场，再也无法回家

白天，我游荡在鸽群中间

雪白的驯鸽人。夜晚我变得

低沉而稀薄，如重叠的雾

坠入花坛，听见情侣的争吵

现在我要用整个冬天清理

体内的杂音。现在，就要离开

过去的生活，拣起散落的枯枝

在空荡荡的海滩艰难升起篝火

像一个就要远行

不知向谁告别的人

2014 年 8 月 16 日

迷航记

比那骇人的海浪更为可怖
命运的罗盘一再捉弄水手
使得他们迷失于四季的大海

甲板上，他们努力回忆一生中
遗忘的地名，如漫漫星河里
连缀的线条间藏匿着永恒故乡

厨子烹煮新鲜的鱼，水手目睹
重创。由于沾染了大海的习气
他们从不为桅杆折断而懊丧不已

赤红色的水手，醉心于同海鸟
嬉戏。在酒后午夜忘形的时刻
赤膊面对着深暗的海浪

而对于锻铁造成的伤害，对于那

不可避免的熔炼，只有专注其中
才能融入颠簸的穹窿

蜡一般的海。年轻人，深渊
并不是恐惧修饰而成的欲望
多少年来在人群之中

他仍然孤身一人。只是他又一次
返回风暴之中寻找自我，只是他
又一次认出羽翎在风暴中的光芒

2015 年 4 月 28 日

我误食了无常的烟雾

理应对死亡负责，至少
负一半责任。树叶的脉络虽形态
迥异，却不及我们悲欢无常

必须从细节入手，在黑暗里
对焦。保持沉默，才能
捕捉到逃离黑夜的人

渐渐地，他们又心生厌倦
重新集合起来，心底生发诅咒
如同冰河消融，树枝生长……

"火离开了我，像迷途者
遵守他的诺言。"他自由了
野蛮，真诚，烧伤春天的郊野

为已被判决的人发言

为已动身却仍身陷池沼的人
抬起沉重如磐石的腿脚

（他们中已有人）在泥泞中
屈辱地睡下。我们以折断号角
为令，重塑破败的一刻

领用餐食的饥饿队列缓慢移动
贪食者混迹其中。交欢者鸣叫
悲伤无以发声的人藏匿其中

风的骨架如一架失色的风琴
演奏流亡者的歌谣。始终相信
我们仍被死亡需要……

"应当对死亡保持古老的敬意"
一个声音嗫嚅。像所有返身
归海的人一样通体雪白

我误食了无常的烟雾，我住下

在一面薄墙背后。在群星的

眼睑下，一切将隐没如昨日

2014 年 2 月 20 日

"我们像河里的树枝享受漂泊"

迟早在池沼中睡下

不幸的事情终结于此

枯竹尽可付诸火焰

如人生里荒废的一天

多少年来独自漂流成海

情深不见大岛屿

多少年来，在街道暗部

伺机等候荒谬的相逢

终于在失明的房间里

摸索到浪潮在身体上退却

终于，心中有大雾坍塌

成为彻夜等在码头的人

2015 年 3 月 2 日

逆流的鱼并未失去它的河流

夜里我们生火但不是形体的火

严肃的锥体，杵在身体之中

蜘蛛盘织它蓄意已久的洞穴

一种叙述：我们生火但不用于

取暖，像谈论并不为了辩驳

爱不为了失去，伤不为了治愈

夜晚的花纹结在女贞树叶上

我们有白鲸，时而也会有酒水

就着晚夏最后的季风晃回家

巴士上睡着灰鬣狗与花狸猫

逆行的街道失去它结苔的刺青

2012 年 8 月 30 日

一次迁徙

从鱼到鱼。我经历过闪电、白夜
与去年的焰火。海正低落于
瘦骨嶙峋的盆地……

我经历过盛大的空旷、渺小的危险
领略过某种令人窒息的挤压
几乎在一阵风里晕眩倒下

我承受过移栽的痛苦——
从一片土地到另一片土地
我见过彼时的乐园、此时的废墟

离开一间久居的屋子。我曾避开人烟
独自徘徊在夜晚的海边。阴郁的果实
将要承受腐烂。爱转眼是陌生的

我感到水流湍急。女人从房间走向房间

有人暗地里演奏音乐，有人盲目地
倾注热情于荒诞的庆祝

有人说"丰收"，则麦地金黄
有人说"摇摆"，星辰便剧烈地垂荡
我听见两股声响彼此消耗，终于达到寂静

2017 年 2 月 8 日

某种消退的炎症

窗户是有的，不仅仅是
开向外的那些。舞台是有的
但不只是为了观看的人

医院是有的，不仅仅是
对离死亡更近的人开放
笼子是有的，只是不能保证

搬进去的人都会感到安全
餐馆是有的，绝不仅仅是
为饥肠辘辘的人而设

家是有的，不是为了收留
无家可归者。旷野是有的
不是为了日夜困囿家中的人

深渊是有的，不只是对

坠入者生效。一个人是有的

但不是为另外一个孤独的人

爱是有的，但从来不是

已说出的那一部分，空气中

被气流推动而消散的一小块

2015 年 9 月 6 日

人间美好

我会在一个失调的秋天死掉

变成一条虫子褪下的壳

变得透明，轻薄而脆弱

形同房客在酒店房间留下的

潦草字条；记录有地址、电话

一件不太光彩事情的细枝末节

一个证据，却极不显眼

水池里的牙膏渍痕并未清理

曾有人无比着迷而追寻至此

有人直视太阳而致双目盲去

我正徘徊的街区，乃是记忆阴翳

之所在。在一阵窃笑声里

真切感到：我是排除在诸多家庭之外

遥远的、独自的一个人；我是

在雨中训练自己至充盈

却更接近干枯的人

可以想见，在更晚的晚上

人们驱车向海，如灯蛾扑往

死亡之路径。人间美好

人们在失去住所时修造房屋

在无路可去时拓宽了道路

人们正变冷，总是渴望

与邻居住得更远一些

更为卑贱的事物

理应始终幸福地活着

2017 年 3 月 25 日

但愿你幸福

但愿你幸福，在早晨醒来
去做早晨本该做的事，出远门
走到园子里，敞亮的寂静中

向海的辽阔，向美好的一天祈愿
——但愿你幸福，不致在风暴中
别过脸去；所有褶皱都抚平

所有贝壳都住着浪潮的语言
——我们尚不能占据久远的过去
如同椅子不能占据已逝的虚空

唯有在无光的室内向幽谷投石
等候回音来临；我们哑口不言
像推动水杯一样推动古老的黄昏

2017 年 4 月 18 日

为什么朗姆酒总是喝光？

让我们继续走路

让事情发生

就当事情没发生过

让丧失亲人的人

合理地承担暮色

让眼泪（如游荡林间的雾凇）

始终丰盈，以防止过度干燥

保持耐心，尽可能参与

每一件烦琐的任务

让宴席保持必要的氛围

以抚慰霍乱时期的人们

及时行乐，哪怕世事萧条

——以此作为万般劝诫

让我们为一次胜利痛快干杯

——下一次战役当然胜负难料

生死亦无定数

让我们为观看喜剧这件事本身

感到开心；让我们发笑

哪怕是为一些并不鲜见的小事

（看上去又是那么荒诞不堪）

还能苛责什么呢？

让我们努力工作，失败降临时

懂得自叹弗如地放弃

让婚礼顺利举办，让宾客欢笑

并高声地祝愿，让这个夜晚

成为两人拔河游戏的一声哨响

让我们继续用力交谈

以达成某种可贵的和解

沉默的轮回之间

需要大量烟雾填补

让我们在房间里走来走去

在昏暗的座椅上不断调整坐姿

让我们尽可能保持

事物之间的协调性——

就待在原有的位置

期待那遥远的共鸣

让我们出门

诚实地走向郊外

"像粗野的风肆意摇摆

行人的腿脚，沾满泥浆……"

直到住在雨里的人

在言语的尽头发出质询：

"为什么朗姆酒总是喝光？"

——我们只是

在谎言中劝慰彼此

来到一个不可能相聚的地方

我们当中，必有一个先去赴死

——让死神作出恰当的选择

让钟表按自己的节奏走动

让故事延续故事

是的，根本没有什么未来

也没有多余的明天

2017 年 5 月 31 日

三行诗一组

＊

暑意正兴的八月

那在五月酿了青梅的友人呀

此刻正坐在凉席上小酌吧？

＊

秋天的一个傍晚

我在读一个小说

我一直以为在读另一个小说

＊

秋天的一个傍晚

一位陌生人端来一小盘金橘

味道真不错啊

＊

明明知道

不会有结果的事情

也认认真真做过几件

＊

我们

两件旧年的衣物

彼此似已不太合身

*

可爱的人

也是碰到过几个的

在她们还可爱的年纪

*

对于世间的笑话

人们也未免太敷衍以对了

有些笑话大约是极认真的

*

没什么大野心

努力过每天的生活

这恐怕也不是件容易的事

*

想好了要在大雪来之前

做完的事，头发花白了

都还没有做完啊

*

每次拥抱你都像是失而复得

世界上丢三落四的人

我多少算一个吧

*

求死之心

与想要好好活着之心

是同一颗啊

*

梦中的眼泪

最后一滴

正淌落在这张醒来的脸上

*

喜欢上一个人

告别一个人

我把一个人喜欢过了

*

久活于世的露水

也无苦可诉吧

也只是露水的一世

*

秋天的一个傍晚

突然有想要去看花的心情

想要去看的花已谢了顶

　　　　*

与父亲许久未通音信

突然一个电话过来

发现是声音先老了

　　　　*

随着长大，外出

节日里带旅行套装回家

终于成为一个对家庭无益的人

　　　　*

梦里去过的一个地方

醒来又去过那里

竟毫无两样

　　　　*

我去很多地方，没有你

去了

很多孤独的地方

　　　　*

这么多年执着于做一件事情

多像把筹码永远押在

同一匹马上的赌徒啊

*

久未被使用的物件

在角落里蒙了灰尘

这让我想起某些人的表情

*

没命飞奔追赶一辆公车

放弃时的那一刻

竟莫名的美妙

情　歌

可以尝那些雪吗？间落在你发际的
缓步在眉心的庭院，消融在你
瞳孔那漆黑湖泊中的

可以是任何天鹅吗？降落在距你最近的
水域——近乎枯萎的池塘，晚餐后
游人在其中洗手，让所有的刀刃洁净

可以落在沼泽里吗？他藏匿失足的幼兽
虚妄之鸟的厉声哭泣，我降落下来
在其中把水划破，一种幽闭的律动

可以在沙发上坐下吗？看细细的雪花
在电视机里开，吐出落日的光辉
那些多年珍藏在我怀里的

可以沿着你的长发攀沿吗？若我是

不能结果的葡萄，让我的藤织住你的影

可以是低于水的镜子吗？你通过我
凝视你自己，我也凝视你，从一而终
无论焕发神采还是枯槁形容

可以吻你吗？在柔波荡漾的湖心
暮色笼罩载我们远去的驳船，灯火摇动岸
直到彼此依偎，或把我变作柔密不语的

涟漪？可以顺水流下吗？桨橹仿佛天上的
呼吸，甜蜜的绒线缠住不能游动的石头

任何低语都无效，更深处的水反而热烈
而凶猛，涌上来，吞没最初带来羞耻的
透明部分，这些陌生人，叩响黎明的暗门

2012 年 3 月 5 日

无挽之歌

我想我在你体内听到了水鸟落水的声音
这件事很奇怪，也没办法对你澄清
我开始忙于在暑后摘下中枢上的痂
把风干的无花果码放在床头柜上
你的唇似被凝视的霜打过，没有去吻你
只静静看你快醒来的样子，窗外有雾
飘一些进来吧。你听，有人在雾里
放歌，有人在雨后捕鸟，模仿着啾鸣
转，折："不——古——忽——"
断裂的斑鸠的吸引，别梦里追问

没有与你去海边旅行终于是件憾事
每次望那座岛的时候，我都会吐丝
从身体里拉出抽屉，把一些关于你的
纸片排列成形。看那些牵马给人照相的
马主人经过，有人设法把自己埋入沙中
有人逆着海浪游入海中。幸好我不饮酒

不用去尝发酵的海水的味道，不用在
夜里看那些无谓开败的花火，我写信
让每个字都湿重，结块，带着咸腥味
让海鸥衔住在黑暗里升起：一盏孔明灯

在南京路上你丢失了一本笔记，你拉住
我的手，原路返回面包店，报亭，照相馆
在人行道等绿灯，焦急，逆流而上撕扯开
人群多么匆忙，那一帧又一帧，像往湖面
打水漂：击掠，漂起，击掠，漂起……
沉落。拉住手，愈用力就感觉到愈快挣脱
沿着你的臂膀往你的心攀爬，愈来愈远

2012 年 3 月 4 日

青 火

岁月的飓风常来，眼镜打碎
缓缓升起雾，像在岸边
我们俩悄声说话

马背也凉了，我们从未骑行
摸到蔷薇丛也折断了矮刺
导师在雨里升起了青火

这是没有化盐的冷汤
燃烛殆尽的夜晚，游上岸来
褪去油亮的水獭皮

是你藏起我湿漉漉的嘴唇
让我不说话，让我躺下
是你藏起我的脚而步履不停

2012 年 9 月 13 日

爱情寓言

午夜发冷，爱我的
是个陌生人，靠近我耳语
"上船吧，对岸有火"

渡过寒冷的水雾，我们
在对岸拥抱，纠结，摩擦
起火了，是跳舞的形状

是迫近焰心，燃烧成
色彩的本质：红、黄、蓝
直到灰

2013 年 3 月 30 日

闭目式

无心的树林里
他们试图伐倒一棵树

像面对一座
不能移动的悬崖

在一系列风暴中
终于看到，某种盲从的
热烈将把事情推近结束

他们喊叫，从蓝色
开始的一系列烟雾

然而我知道，重要的是
树木的颜色慢慢变深
夜幕在它们体内生长

就像握住你的手

就能感到你身体里的海浪

海浪和恨一样

也是爱的一部分

2015 年 6 月 16 日

你开口之前，一切尚未成形

你开口之前，一切尚未成形
有什么跟随空气流动着
把光芒折射到我眼中

它们太小，小于令我眼窝
潮湿的每一场暴雨。小于
你发缕间的每一丝风

一切焦灼等待，熄灭的群灯
委身黑暗。我也曾幻想过
夜山间窥伺的小兽

绵延至原野边缘，像个暗示
待你开口，一切便凝固
并且无可挽回

2014 年 8 月 6 日

情 歌

也即与（未来或不来的）妻书

当然，如今一切尚未成形（我们输往极光之地的洋流
与歌颂果园的季风），通常冷血的谜面由蛇蝎解开
我不是授勋的骑士，也不打算踏破风尘，去寻甜蜜的复仇

我会节制在一次燃烧里，当然些许成灰
向你坦陈全部的旷野与街衢，门外窄巷通幽，阶梯
连接着丝网与蛛穴，那些别类的孤独同样经由霜雪镀过

我会认述可恨的砾石，一串被认为是巧合的数字，我会
消耗脂肪，描画细节的楼宇、天窗，看羔羊状的云朵
在傍晚下坡，我的夜晚毕竟是由多少巡游的白日酿制而成

细血沙累，身躯是燃梦的场所，也护卫池塘的洁净与黎明的
肃然，达到一种开阔而陡然清冷，自在走动。划破少女的
湖面吧！让所有芦苇喷吐着白絮，唱那天鹅对列的挽歌

来吧，让止渴的彼此痛饮，相互捅破的纸张述说刀尖

让垂怜的彼此宽恕，一个姑且称其为爱人的人，获得应有的
称量。而我的骨已在锈蚀中打磨成形，不过是小小的花冠

闪烁磷光为你照明。我漂浮，而诸事为海，那沉默的凌迟
是多么幸福。我忍饥而空腹，睡卧成履轻的梦舟，载着你
向那无法允诺的尽头。一夜发白，犹如雪意的风帆耸然树立

2012 年 1 月 4 日

一件孤独的小事

我是可以为你御寒的
奇怪的人吗？闪着光在雨里
像含着黑暗里躲藏的刀

不会有人食言。生活早已
编织完备。正如潮浪退却
并非过错。我们只是劳燕

很少感到真正的倦意
我听到身体里有枝丫折断的声音
你问我草在长吗？疯长有如暴雪

告别自我的十五个晚上
并不需要仪式，或向窗外的
钴蓝色树木的某种告解

如此肃穆而不可非议。我注意到

一阵烟雾，可能是事物溃败的源头

从走廊那头偷偷蔓延而来

一种迹象表明，一些我不会说

你也不会听见的话，就这样

在我舌尖融化，像胶着的糖衣

花在夜晚的房间里奄奄一息

她是唯一的。变轻，变得无所期待

一切被看到，一切被疏忽

2015 年 11 月 23 日

荒谬的小事过后

我就像是

分开水流的石头

在闹市区，在地铁中转站

在人群中。慢慢消萎的

海浪末梢的光

漫过我们头顶

我像是

你脸上高挺的鼻梁

把两道泪痕严格地分开

我就像是你新买的

热腾腾的面包上

消散的温度

我像是因失掉养分

而变得干枯脆弱的树枝

折断，漂流而下

我像是

黑暗中的小兽之中

不能发声的那一部分

但是你，在这一件件

荒谬的小事之后，仍然

望着我。有什么可期待？

2015 年 7 月 28 日

你

这是睡梦中匍匐的你

隐喻般的你，风和日丽的你

深塔里的你，发热的你

在犹疑的暗地

像光、像电一样

移动、传导的你

久病初愈的你

久旱时，露珠般的你

在岸上保持游动姿态的你

初恋时的你，在大雨里

作为一尊白石膏雕像的你

飓风里

稳如磐石的你

赠我深渊一座

而壮阔如初的你

让一个裸足的下坡者

从不感到悲伤的你

2015 年 8 月 15 日

我 们

我们顺手把灯关上，将屋里的物件
调换位置。生怕起雾，就等着火光
转而黯淡；附近某处的小兽冷却下来

我们将暂时搁置房屋、车辆、一小段
昏暗的事业。大笑，拉着手跑开
跑入门外那牢固的蓝里

又一次视荒野为故乡。我们没有过去
甚至没有昨天，更不识忆旧的滋味
在环形公路上赛跑直至疲乏

在他人的果园里休憩。在一棵树下面
分别尝过重的果子，和轻的果子
我们，来历不明的两个人……

就这样坐着，同每一位路过的人友好道别

就这样坐在原地，星辰转移而观望着

我们，是帷幕下唯独看得见的两个人吗？

2017 年 3 月 24 日

两个同行的人

在我们之间

是长久的

无言的欢笑

人们空着双手

一个又一个世纪过去

等身的水等待着

淹没我们

外面的庆祝

也将从那时开始

人们为椰浆的口感

或不尽兴的欢爱

而疯狂。没有什么

值得庆祝。从那时起

我们将渐渐忘却彼此

在更远的一天

我们重新相遇

一切都那么新，那么美好

餐桌上的杯碟

没被人动过

地球上的一切都像是

刚刚诞生，荒蛮而动人

我把你的手

握在我手里

像枯叶掩盖枯叶

树枝紧紧抵住树枝

2016 年 9 月 14 日

迷 墙

你给了我不能说的话
常常看见我错愕的样子
给了我不能移动的影子
我是钉子，牢牢确定它的位置

你给了我不可倒转的光
给我一门无法使用的语言
没有发音错误，只是在锁骨上
你留下的那个吻早已入血入髓

枕头重新成为冰凉的枕头
而不是我们梦中跃上树枝高处
又惊恐坠落时，接住我们的云
不是我们在暗夜同行的节拍器

你给了我看见任何事物
都会误认作蓝的色盲症

不止于此，我感到冬季炎热
夏日的街道像一条漫长的冰道

我的目光仅仅在方寸之远
摩挲着那旋转的，枯黄的舞者
在橘色的光束里，在一面
被称作爱的迷墙即将坍塌之际

2015 年 9 月 27 日，阿斯塔纳—巴黎

破碎的爱人

两个以相拥宣示离别的爱人

两个以破碎发现彼此的爱人

一个男人和一个女人，一个在此时

爱得较多，而另一个爱得较少

在界线两边的双方

受力并不均匀

早前，他们也谈不上完好

在闭塞的苍穹下面一个夜晚

已告终结；另一个夜晚

才刚刚开始，而一切都曾发生过

以相同的纹路刻印风的痕迹

风吹动窗帘，此刻

一个能看见海的房间多么重要

多么空而无物。走入梦留下的

巨大残骸。而蓝色的海洋

在窗户外面很远的地方

涌动着，并不涌入一切

只是个故事

2016 年 10 月 2 日

恋人必须分手

绯红色的钟点来临之际
事物寂静的表层起砂
花朵心灰纷纷凋谢

海浪终于退却。就像一个人
慢慢变得能容忍很多事物
空气中的寒冷不再摄人骨魄

而不会发光的水生物
满怀着羞耻在大海荒凉的
皮毛下面无意义地游动……

白日终将结束
黑夜亦难长久
我们是恋人，必须分手

静候审判的时刻

挽手走在雪白的碎沫上面

然后，就像小虫

各自回到地下的巢穴

两座疲惫的深渊

一对互不相识的失眠者

彼此窥探着爱的无尽之底

2017 年 1 月 24 日

使之更为黑暗

餐馆座椅上，已混合了太多
就餐者的气息。曾载着你的出租车
不再经过我所在的街区
内道加速、转向——
曾照在你身上的光
不是此刻正令我晕眩的一缕
一次次在梦中我测光，努力对准
不可见的事物；向一片广袤的虚无
倾尽全力。同生人言谈直至沉默
听见年代久远的回响——
就在房间的某处。掷向未来的物体
尚未落地，只有书本、水杯
稍许改变了所在的位置；衣柜里
一片树林平日里的昏暗。一切照常
我查看——走向你的剩余距离
觉察到岁月老去，步履艰深
在森严海浪的边缘，眼看着时间

松垮下来。走向你，几乎耗尽一生

在那崩塌的世界里我们将会

再次相遇。发现火，开始直立行走

黑暗中渴望触摸你的身体

仿佛对盲文的研习

走向你，在一天的尽头

雪境封存。无可设障的道路

几乎通往彼此

2017 年 5 月 7 日

深夜重逢

一切还是那么平静

只是我们变得陌生

像深夜海上相遇的船只

默默记录下彼此的航标

已经没有伤害

已经没有伤害

月光洒照，如同娴熟的布置

海看上去死一般寂静

有着西餐的体面

和家猫的服帖

但远处那暗沉沉的色块绵延

仍代表着和平之外

无法感知的世界

压迫仪式。像医院对病人的控制

——对某种病毒的有效杀死

是漫长的。台阶传递着

抵达，故事没有终结一说

我们几乎失去对视的必要

迅速截短疗程之间的孤独

2017 年 10 月 29 日

爱的移植

从爱一个人，转而爱另一个
如树木移栽。需要冒险，至少
得适应新的土壤——

"如果是在冬天，注定会很难捱"
土地并不会永远保持温润
雨常常非其所是

就连阳光，有时也过于强烈
如同一种浓重的抽打
令树影稀疏

而行走在林荫小路上的两个人
彼此搭在一块儿。迈着
歪歪倒倒的步子

我们会说"是在散步"

长期观察的结论告诉人们

道路时而塌陷，并且总是很快转弯

我注意到烟雾停缓。注意到

台阶下面小动物们悲哀的移动

树叶刮擦地面，发出不耐烦的沙沙声

在一个梦里，把你拥入怀中

在一个更易碎的梦里，小心地

保护着它……

那时你不能更年轻

一次又一次向我涌来

现在我们度过又一个夏天

与众多业已沉寂的事物结下

盛大的友谊。从爱一个人

转而爱另一个

一颗尚且坚挺的心

搏动着，在两张手术台之间

小心地传递……

2016 年 8 月 30 日

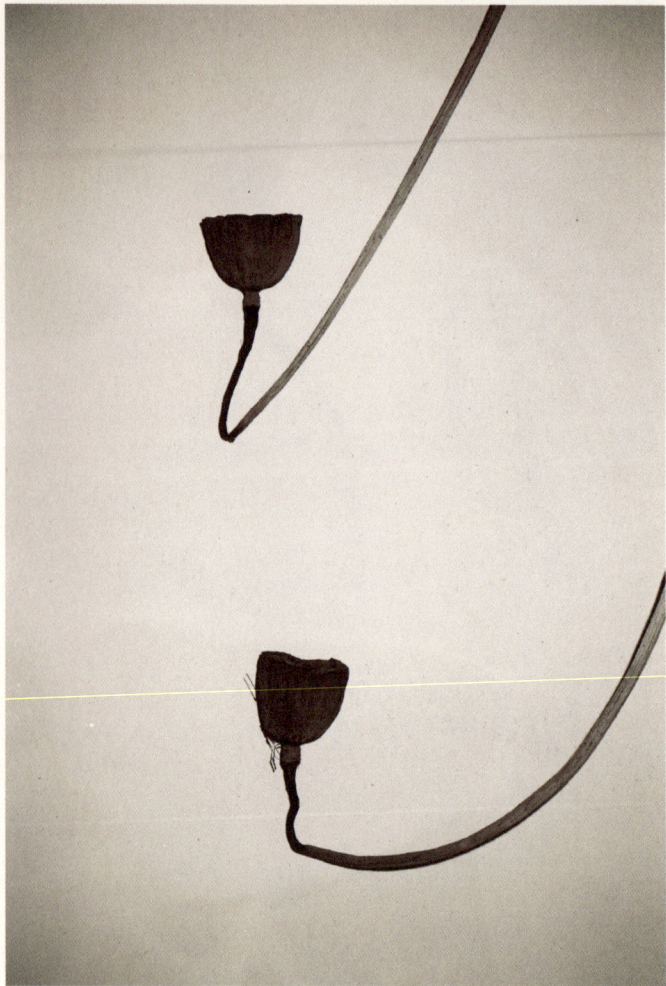

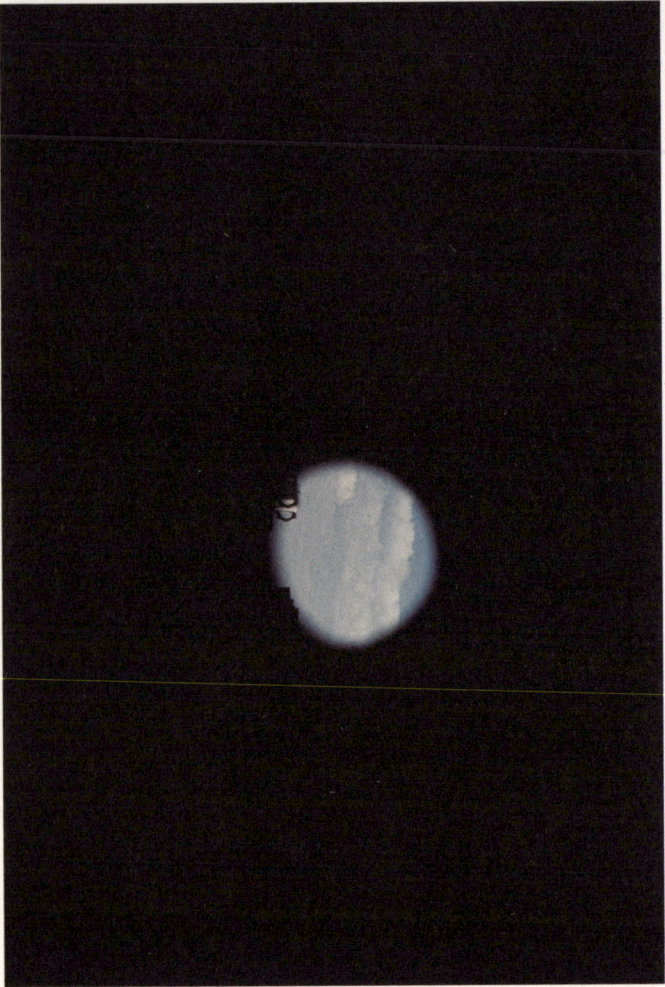

三

成为洋葱

层层剥开自己

让观看这一切的人

泪流不止

2015 年 9 月 6 日

噬尾之歌

摩挲着，淌着水，甜蜜的又遭厌弃
众人的手相互撕裂，也分得觅来的
囫囵餐，世界是一万声可憎的大笑

跌落的，叠置着，折返的雨也避光
纪念一只老虎来到纸上，聒噪又
冗长，节日也不吝啬拘束的声浪

是一双鞋子而不是脚带我上路
是杯子而不是嘴唇干渴，命令我
饮下碎冰的蓝。是一次节制的
疲劳的交欢，透过我棕榈的静默

是一次永恒的，彼此不说话的
爱情，我们是等待分割的玻璃
对立在窄巷中，望见彼此体内
倒置的沙漏，重复着，倦怠的

2012 年 12 月 11 日

91

熊出没

纯白的，一头熊，走过来
嗅嗅你，嗅嗅我，我们的
身体里，没藏着蜜罐

秋天了，熊变黄，变深棕
它庞然，却胆怯，怕篝火
远离人，担心被捕获

只有你的梦它不畏惧，走进来
推开门，摘下礼帽，掸去浮尘
它问：去蜂巢剧场的路怎么走

2012 年 5 月 5 日

森　语

就站在每一次潮水减退的地方

就索性要求一块池塘

也不是非要完整，也不因为

循环而消逝——溺水的人孤独

把衣服晾干而不宽恕湖水

把孩子们放入海门

而不在王国的故土征伐

也不去收拢散布的硝烟

就编号，并默数自己到离开

就在台风里粘好脚

直到根须扎入地幔

青苔从荫的一侧长至森郁

2012 年 7 月 4 日

水 生

蝙蝠嘲笑我穿着累赘，一个昏黄
有尊严，但不吝惜刺剑的人
耐心地等待登顶

穷言而闭目，屡屡刺伤怀抱——
种玫瑰的嘴唇化形于沼，深渊下
弃命的鱼每每释怀

敞开，因被捕而弓脊的解剖
满覆鳞伤又刮落，泛着干净的
釉底红，刀锋低低嚎啕

破鱼泡一样的孤独，惧怕深水又
饮水，苦胆完全地托浮，任凭
盲人抚摸，任凭身形

游离的人生蹼，游离针雨的堤岸

2013 年 3 月 1 日

灰　尘

满地跌落的橘子哭了，可是那年幼的
星星？点燃群梦里绵延的膏灯
但扑灯的蛾不吻便死去

傍晚携带顽童去河湾里游玩，要询问
在那心碎和潦倒的日子里，你
为什么一直谈论着灰尘

"我只知道人是人，灰尘是灰尘"
"不，灰尘活着时是你
你死后是灰尘"

2012 年 11 月 15 日

元 旦

节日虚耗了短暂的（同时也是永恒的）热情
块状的人分走了一些脚步，要带领我
走入丛林，兴许有一面湖等待试水

召唤我吐丝的蜘蛛，张罗密网下郁结的黎明
嗜睡的湖啊，走裂了结冰的伤感，有多少
暗色能透过光，蚕咬出旷日合愈的蜂伤？

（光会挡住影子？）每一步带来迟缓的接近
水中镜也无须打磨，梦里花也时日无多
晾晒我的人啊，该在忡忡忧心中思索

这是四面临水的高台，来人演砸了花腔，未白
之夜，等着一个爱人醒酒，我掌灯，澄清了
殴斗的人，我曾在人声嚣嚷中毁掉我的生活

2013 年 1 月 1 日

96

康复中心

我身体的某个部位

曾受到不可描述的重创

现在，我带着一颗残损的心过活

在风景凋敝的海滨；和许多许多

冬天的人围在一起取暖

如同往火堆里投入干树枝

将零星的言语投入

清冷的交谈。但漫长的康复

总会被一两次别无用心的意外

突然打断。我打算在每次受骗后

仍然相信遇到的下一个人

雨后仍然走向开阔、干燥的场地

向热衷收看悲剧的人们

演绎一场喜剧。唯有走入

无光之地，才能笃步穿越黑暗

2017 年 5 月 6 日

频 率

那几年我在一片空地上筑巢
公布我稀松的恋情。无绪的风
一再毁坏我对家热烈的描摹

有时我尽力保持沉默，与石头
同呼同吸。与巨大的外力
小心地共处

——必须得到启示。但不会在早晨
当露水湿润我的眼睛。树木间
隐藏的鸟不住啼鸣，向我暗示

它们的存在。以至于黑夜来临之际
人类已告别了蛮荒年代。而我
站在某种共振的频率之上

作为陌生人的我们，彼此再熟悉不过

做着许许多多平常之事：吃饭，睡觉
一起出门走向荒野，遥望星空流转

默认一切尚未消亡。迷雾般的讲述
仍保持着流动。在爱情的外面
并肩站着，浑身赤裸

我感到一条河在我们之间流淌……
我想起大地上许许多多
走着走着走困了的人

2017 年 5 月 11 日

午夜对谈

和我谈话的那个人
已独自睡死，此刻他在梦中
听见一些声音的气泡轻轻炸裂

如果还有房梁，梁尘也
安然不动。我继续说着
由于不习惯拦腰斩断一件往事

但此刻，在沉睡的海浪面前
我对着黑暗中躯体的弓形
说着，我是在说给谁听呢？

有那么几分钟，我好像
也睡着了，但嘴唇保持开合
一个洞穴注定吐出腐坏的气息

对着黑暗，我试着声波探测

从嘴唇到墙壁的距离，就好像

上次挂在那里的是一面空镜子

2013 年 8 月 5 日

葬礼上的风

病中无须风来探望

要来也请选择葬礼的清晨

把第一束露之花搁置在我额头

要来也请当我浅睡，入梦时分

穿越绿园的风啊，百鸟为我唱诗

风筝为我承担全部沉默的语句

门敞开像从来没有闭合

眼睛闭合像从来没有敞开

我愿温柔枕着令你痛苦而倦怠的

风啊，风

教你使劲吹开黑色的纱帷

教我瞥见爱我的人，双目噙着光

2013 年 8 月 8 日

吃牡蛎的人

这是宇宙中极其平常的一天
正如水流至此，你死了，忘了
留下遗嘱。这天没下雪，不太容易
被人记住。你于是成为一摊浸没的水
不怕被冷落，也不担心众人踩踏
任何疼痛都不再能感染你，任何
咒骂与情话，都不再能将你打动

让人回忆起严冬深夜，几个街区之外
一辆熄火的轿车，和蜷在车子底下
抖瑟的猫。我赶来参加你的葬礼
也许是多次预习中的一次。对你而言
也无疑是特制的一个，不同以往
这是你自己的，不像许多其他事物：
住处，病历卡，工作日和女朋友……

你准备了很久，甚至有过彩排
在酒仙桥那次，你抿一口酒，猛吸
一口气，"躲不开，总得挨那么一下"

语气像念一句疲掉的台词。四周
安静得能听见松针落地，金黄的
形同虚设的人生，庆生，喜宴，现在
是丧宴，人们在各处即席，吃饭
唯独很少在家中，同至爱的人一起
现在你是那被允许沉默，不念台词
也不表演动作的主角。甚至不听，不看
不需要发表意见，也不用回应他人的
感伤与泪水。何况并非痛苦使你平静
心中确然有大解脱，像射击场冷透的
靶心，等待一次精确的命中。如今你
终于成为一个居有定所的人，而不是
东躺西睡，四处漂泊。你放平身体
像扎根于此。你属于这里，被（死
死）摁住。如今你终于如愿以偿了
因为无法四处走动而重获自由
自在得像是个在港口吃牡蛎的人

2013 年 12 月 23 日

104

只有海水一种味道

在下沉式广场的古老睡意里

度过黝黑的下午。在昏睡的人群

以外，重复着一周的工作

在侍者到来之前

享用近来最为漫长的一餐

刚刚六月，人们尚未厌倦

暴露自我。听听周围——

人间欢笑集锦。一个孩子走向我

就好像我一直是个假想的玩伴

而在海岸上稍远一点的地方

人声几近消逝之处

传来挤柠檬汁的声响

种种雷同的遭遇，乌云般

归于沉寂。目睹荒凉

友好的沉默将远离我们

一粒粒盐受潮、结块

保持着它对味觉的话语权

一个人在座位上

重复着上一个人的诉说

仿佛世间疾苦大致如此

人们均可在此疗愈

女人们，两种果实的拥有者

为修缮尚未坍塌的房屋而操劳

人们絮叨，在情欲的真空里

彼此刺人。无光的土壤

承受灰暗的种子。不得豁免

——生活只有海水一种味道

2017 年 6 月 4 日

同一性

走在一条小路上
和走在悬崖边
并无不同

与滔滔不绝者交谈
抑或与保持沉默的人交谈
几乎没什么两样

星期天下午和星期三下午
仅仅存在气温、分贝数
以及烘焙深浅度的微妙差别

梦见任何事物都无异于
梦见你。荒谬吗？目睹一切发生
与降临在自己身上是一回事

2017 年 5 月 7 日

寄居者之歌

1

新的一天，向一个
没有人的洞穴滑入得更深
不知其底，而又试图知晓

——既承受着诱惑
也为好奇心所驱使

盲目喜悦的蜜
从山崖上悬挂下来
——那闪光的、危险的甜

不容回旋。并感到
夜晚诙谐的本质

将如何慢悠悠地

把持住——

勃发的身体

2

我从深夜里来

像一块新扑灭火的冰

我是

刚刚消退的一片哗然

3

更多时候

我们也总是汇集为

一种混合的气味

然而我们曾感到难过

在小而短暂的快乐时刻

在人与人相拥又离别的

不真切的晚上

在每一个因燃烧而变得
异常艰难的下午
我们曾感到灰烬的破碎
和浮冰在海面上的移动

我们曾感到过度的光芒
穿越树木的人
将完成其孤寂的使命

如同悄然枯萎的花朵
错愕于一瞥，便飞快地
转向明亮

4

许多次，你又要缓缓转向我
你又要说"这是第一个夜晚"

——"这是向日葵倾倒的第一个夜晚"

——"这是倦鸟归巢的第一个夜晚"

——"这是刺痛的第一个夜晚"

这是

两个只是要消失于彼此的人

终于抵达彼此的第一个夜晚

两面空空如也的镜子

并不能照见荒野

——这是少女走向镜宫的第一个夜晚

这是战栗着，向那空洞的自我致敬

又逾越她的第一个夜晚

这是一个秘密诞生

永远不会公开的夜晚

5

快乐地跳入一个火坑
却发觉是冷冰冰的
并不为此感到悲伤

6

"跟任何一个人说话都是一样的"
就像可以换任何一支歌
在任何一处醒来

不断回到远方，又消失在这里
至少，我们经历过一小部分
类似的痛苦

那就是树木对于树木的意义
那就是为什么我们会坐在这里
相互凝视，却又无法看见彼此

2016 年 5 月 27 日

鸟人

是一个人而不是
一只鸟，站立树端
是一种痛苦赋予他形状

一阵风引导他
伸直双臂，犹如携带着
翅膀。雨后，沉重而丰满

他幻想，得到超乎寻常的高度
——接近飞行，即使是近地模拟
最终，只是击打土壤

像那些因为浮名
而受苦的人，在寒流中
赦免了我们

2013 年 12 月 14 日

如常运转

烈酒是一种可能，混账是另一种
在阴湿地里点火困难，空气中
弥漫着一只狐狸死去的味道

栗子烤熟的味道。热爱秘密的人
像热衷聚焦于放大镜下的蚂蚁
我梦见我赤身裸体地走，拖着一整座桥梁

有时你觉得，智者指引着道路
有时是盲人，依仗他的拐棍
有时只是乘客在中途下车

"去哪儿"只是生活所迫，他过去常常
闲坐道旁，看人们拥挤于巴士之中
如今他换位车中，空空瞭望窗外

在"这儿"或者"那儿"？一切都并非真相

至少你无法断言。人们只是运转

连酒精也慢慢成为瘾者的庙宇

一连几周，天就死活阴着

任谁哀求任谁道歉都没用

2014 年 1 月 3 日

失眠夜

失眠，抛锚在深夜

跑马都停歇，路人失踪

阳台上的妖怪，严肃的

望风者，在加湿器的水雾中

在打破枷锁的期望中扮演

一位朴实无华的囚徒

成熟的谎话到来之前

城市已漠然熄灭，星河不再流淌

那群楼高耸的丘陵上黑暗的即景

青色的障目——人们睡了

囿于教导的生活，我何曾爱过这些？

隔着发暗的小窗，升落的膈……

气流尚且稳定，耻骨不安

反向滑翔并熟眠于风中的囚鸟

带着冷冽的自信，午夜的盲从者

他行至风口（恰冒着伤风的危险）

等候烟花唐突报复，受到惊吓——

116

疯狗们痛咬溃烂的夜空

2014 年 1 月 29 日

澳洲快件

有人从澳洲给我寄来
一头鲸鱼（匿名），附有
一张字条：澳洲正在冷却，你还好吗
我感到我老了，警惕于为陌生人开门

快递员敲门的时候我已经醒来，在床边
蹲守着一只电饭煲熬粥，当然
还没沸腾。他敲门，极不耐烦地
喊我的名字，像敷衍地宣读一个判决

——喊声在走廊引起一阵骚动
想象一群沉默的邻居，旋风一样包围他
从他身上不住地刮下闪光的鳞片
使他感到恐惧的东西总是隐形

反复喊我的名字带有了呼救的意味
他不再敲门，就像全知的侍应生递给他

万能钥匙，而他仍然犹豫于必要的礼节
——能收到鲸鱼的人，定出身不凡

我的粥这时沸了，透过猫眼我窥看他
像个盗猎者，悄悄地等待地下庄家
门在极小的空间里打开，那头鲸鱼
又蓝又深，快要令整条走廊窒息

他递来张单据说请签个字，躲开探头
并开始宣读一本使用指南似的玩意儿：
需要一把梯子，时常检查它的鲸须
它最爱墓碑布鲁斯，以及，需要水

最好能是整个大海的水，他补充道
转而疑惑，仿佛他生来就对水位感到好奇
在我身后正矗立着，那巍然之海
不理会船只出航，不用逃避春天的波澜

2014 年 4 月 10 日

水族箱

冬天我有一间冰冷的房子
像反光的水族箱
小浪堆叠着自高处跌落

在阴郁的、不说话的
阔叶林中，我看见
不断扩散的人的漩涡

等着我心头的铁慢慢生锈
眼睁睁看着那些海浪
鳞甲一样长到我身上

坐在镜子前
活像一对乌鸦

2015 年 2 月 6 日

120

是蓝色的

在超市的货架上我是蓝色的
在照相馆，在扑向自己的
时刻，在扑空的时刻

在给某个消失已久的人
写信的时刻。在写一个字
并立即擦去它的时刻

我是蓝色的。在手提箱内
保守着秘密。在婴儿车里
和烟圈里我是蓝色的

我脊骨的一阵声响是蓝色的
尽管在燃烧的片刻飞鸟
引发了跳跃的灰白断层

引发一切疑问。尽管在塞车时

我是蓝色的。在三次游行中
制造湿冷的闹剧我是蓝色的

彻夜是蓝色的。对盲目的克制
是蓝色的，在你小小的药丸里
我的病灶是蓝色的

失败者每每以沉默伪饰自我时
一眼被她看穿我是蓝色的
在浪尖白色的面具下面我是蓝色的

2015 年 5 月 23 日

秋天的金黄

不再惊奇于落日，就像所有夜晚

都已经来过。被灯光粉饰成

暗红色的街道变得霉绿

有人刚刚走过，发出阵阵咳嗽

我听见持续的树叶碎裂的声响

一个庆祝。飞蛾与飞蛾

在灯前相遇的时刻，你称之为

"逐光的仪式"。灯骤然熄灭

黑暗使它们金黄色的消逝

变得迟缓。同样，我们在九月

谈起一件发生在七月的事情，或许更早

你觉得，在河边的雾气里

任何一次谈话都显得不真实

一切宛如梦魇。树木转眼间变得巨大

不会有人停下手中的事

注意到雨前的征兆

一次在梦中，我回忆起海上那些

雄奇的日子，以及在航行中

竞相吹擂故乡瑰丽景色的人

（然而，他们中没有一个

最终踏上了归途）

风暴至少动摇了他们对返航的幻想

后来，我们每每去果园里漫步

想起那些无人看管的苹果

一个个烂在地里。你为此叹息

"它们终究还是为成熟付出了代价"

我不说话，也不表示出一点悲伤

另一次在梦中，只有我，独自走完长路

去遇一个可能已不在世上的人

一个矿工模样的人在早上向我问好

"我曾在大地深处挖到过人们的心

金子一样"。但在地下，我想

它们并不发光，正如同

我们短暂寄存在这世上的

速朽的理想。啊，你金子般的心

如此沉静，冷漠……

躺在秋天的病床上

我穿过城市去探望你

医院繁茂的花园令我惊奇

这里的道路如此宽敞，窗户明亮

人们在草地上自在地走来走去

车辆悄悄地行驶，对某种特殊的

将要到来的事物保持缄默

而我们脚步轻轻，小心地跟在后面

就像树木被风拂动的暗影

我们屏住呼吸。除了脚步

我们不发出任何声响

2016 年 9 月 13 日

午后在候车室

我低头，再次确认车票上的
目的地。如今，我熟悉的孩童
早已长大成人，选择远离故土
像我本人一样，挣脱父辈的视线
航行在一片浩渺的（岛上的人
对此一无所知）大海上……
他们中的每一个，都必须承受
酸雨的洗礼；将会在短暂的
余晖之后，染上黑夜
施加的疾病。音信渐少
偶尔，经过这些破碎家庭的窗口
听到一个关于儿子或女儿的消息
但并不可信。就好像
一个又一个灼热的谣言
传递于所有日益冷却的家庭
现在，只有孩童时的那扇门
还清晰可辨；只有那个房间

仍保持着当初离家时的模样

——物件摆放在原先的位置

相片矗立在书橱高处，一封封信

连带着稚气未消的笔迹收纳在

散发着木香的抽屉深处……

是的，我再也无法变得健谈

当我走近他们的门槛

当我试着开启嘴唇

面对过去时代里相熟的友人

（他们的发丝稀疏，如草木的凋零）

一个古旧的名字（出于某种荒谬的情形

我们恰好都同时回忆起）

从记忆深处迸发出微光

偶尔，某人的死讯如一场恢宏

而无声的雨，我们默默坐在

行进的车内，从高坡上

缓缓向下驶去——

前往几年前他的葬礼仪式

这代表着组成我们人生的一小部分

正不可逆转地离析……或许是出于

保护那个脆弱的自己，渐渐很少

有意愿加入类似"十年聚会"这样的活动

我们已相识太久，又被改变得太多

对久违的"重逢"并无真正的兴趣可言

只是履行维持关系的义务

随着步入中年，以及长久地蓄须

在陌生场合与孩子表露出亲切

也会遭到猜忌——

当一个孩子摇摆着走向我

他的步伐理应得到修正

毕竟，事情总在发生

树木的阴影时常游动到人们身上

孩童的跑动搅乱了候车室里的空气

人们交谈，言语不再被认真倾听

——他们的目光追踪着

如对掌握之物的严密监视

一列车即将发出，并终止这一切

出于对落后的恐惧，人们瞬间向检票口

慌乱地迫近，仿佛长久热望着席卷而入的

某种事物带走了他们，只剩下

空荡荡的候车室、倦怠的摆钟

一个如获至宝的人喜滋滋地

占领刚刚空出的席位

2017 年 7 月 1 日

芍药居

有人在芍药居叫卖烧仙草
来一份吧，日光对雪的治疗
人们从扶梯上下来，抄捷径

太阳会失去核心的火，冷却成
白矮星，而我们会迎来寂静
这地铁内的睡眠沿着轨道滑行

人们说雪下得晚但化得快
末班地铁来得晚但消失得快
我在午夜的蓝灯下吃手剥笋

身体是最后一个阀门通向你
它关闭不严，需要清理风道
需要吐空那些末日的花梗

2012 年 3 月 18 日

升降梯（B）

心中有座电梯升升落落
天台上有人点燃唏嘘花火
地窖里藏四季的酒，也备有坚果

它运行，有时通畅，有时一层一层
停下，翻抽屉，暗自吐出古老物件
拱起的背脊，草拟的对白花纹都繁复

电梯里时而有人哭泣，肉体的伤悲
家电的搬运显得谨慎，泡沫裹束
时而转述鱼病死在窒闷的鱼缸

城市多么荒凉，人们吃完朋友
就会分吃自己，他们爱过，在繁衍中
作息，他们裂开，并讥讽那完整无瑕

2012 年 10 月 30 日

晒布站

死神，请把蜡烛给我
那颤抖的，行将熄灭的蜡烛
让那传递水的，也传递你的眼睛
那传递黑暗的，也传递透明与光体

死神，请把蜡烛给我
那溺爱的，迅速冷却的蜡烛
让那传递饥饿的，也传递乞食
那传递声音的，也传递紧咬的嘴唇

如神一般简朴，像他的仆人
在黄昏收拾好庭院的感伤
于风的胸腔，鸦羽的黑暗间
在夜晚，唯独无花果浆的白色中

在我们胖的，瘦的，痉挛的碗里
有我们接近失明的眼睛彻夜对望

有歪歪斜斜的雨水和阳光，晒布站

有人诱我下车，死去的蟋蟀仍在鸣叫

她小心捧住腹部，防止借由孕吐

分娩她剧痛的灵魂。永恒禁忌之地

深夜戒严，只有死亡得体。只有死亡

携带织物的光，衣不蔽体冒夜雨潜行

2013 年 9 月 2 日，深圳（轨道

交通龙岗线）

电话亭

没有人注意

他走动在护栏边

噪音与日常之差内

人们的身体

是一间间电话亭

时常占线

您拨打的电话

正在通话中

忙音

是空号

请您稍后再拨

有几秒钟

话筒垂挂下来

像死去的手

所有畏惧沉默的为此庆幸

那如针灸般

准确的呼叫

您拨打的身体正忙于留影

雷鸣里留下证物

等待销毁的纪念品

2013 年 9 月 12 日

回拨不通

夏日结束

没人庆祝

活该蝉鸣消失

雨声倾斜而来

每通电话都无人接听

你怀疑自己已经死了

在你死后的生活里

人们丰收但没人庆祝

在遗忘的竞赛里活着

风景如两层玻片间

颠簸的海

有时艰难

人们在浪尖拨转轮盘

他们中忽然有人醒来

想起你

这遥远的导航员

试图回拨

发觉你占线

这令人恐慌——

你占据"活着"的线

容忍而体面

人们怀疑自己已经死了

死像个家庭

鲁莽的露天泳池

在担当痛苦的地平线上

有一次光辉的孕育

人们祈求你让线连着

秋日的晨曦

照到他们古老的身上

2013 年 9 月 13 日

光荣时世

"挨个儿来，挨个儿来"
我误以为矮小的可以排在前面
照相时，高个儿的站在中间
每每不自觉想要伸出手臂
感觉自己是屋顶的飞檐

"挨个儿来，挨个儿来"
共和国不认识我，他将我存档
直到命名了鹦鹉的妻子，她的
红羽毛和血的扎染术，呼唤
每一个越过黄河的南方人

"挨个儿来，挨个儿来"
痛苦的人更偏爱插队，一生中
唯一一次叩开大地的门
那是漫长的睡眠，以灰烬
喂养一棵树直至壮年

我精通语言，但只能承受

少量的话音，或者不如说是

一生中缺乏寒冷与凋谢的时刻

火中漂浮着河岸，浮夸又真实

如同视线，我们或许不看

便可以描述那片黑暗——

犹如我在空气浮动之中的切割

一个落水者，展示他的怯懦

为了让水流凶猛，渐渐死亡的人

如远去的流筏身形渐小

恐怕那匿名者正穿越夜梦而来

擎着一夜的潮浪拍岸而来

"挨个儿来，挨个儿来"——疾病搜寻着

"挨个儿来，挨个儿来"——死亡伺服着

下一个就轮到你了，这确定无疑的人

爱情呢？或许爱情曾点燃

那大灯光荣的痛苦，但你也

早已厌倦。在哀戚如往日

追逐的寒霜上，如今你步入

荒野，只有黑暗为你照明

2013 年 11 月 1 日

星期天之外的一天

提前做好的打算全不算数

如意算盘彻底打翻

抓一把好牌然后统统

烂在手里；花费很多个夜晚

写完的一部皇皇巨著——

必须把它投入篝火

种下十年的树，得一一伐倒

闭门谢客，当然包括

早就约好的朋友

停下手头的一切计划

废止承诺的时效，砸烂钟表

已订立的契约挨个撕毁

遗嘱已经立好了，就是赖着不死

付了钱的网购，迟迟不发货

告诉那些心怀期待的人

不如意者十之八九

一切都不会实现了

空气中并不重要的一些事情

已经结束了。一扇门

哪里都不通往；一段旅程

什么目的地都不抵达——

现在我们就得重新来过

现在我们就要走到

一片相对开阔的场地

拥有了海一般粗野的视线

我们看见——

航行的船和沉没的船

我们看见——

不可能靠岸的漂流

和岛屿上不可告人的秘密

但我们从不愿长久地承受

巨大的失望。为了感到

高兴一点，我们必须出门

今天是星期天之外的一天

一星期七天之外的一天

我们大口喘着粗气

汗津津爬到山顶上

撒个小谎——

这么个年轻人

心肠并不坏呐

2017 年 4 月 25 日

朝阳公园

—— 世界是一座死亡公园

我走路时风很大

坐下时风就小了

风里有个人在等我

还没冷透

而公园的两排长椅

在这种天里

只好像墓地一样空着

2013 年 11 月 23 日

老地方

你在一个老地方坐下——

倒谈不上熟悉，你曾以为

会在这里碰上什么人

——等着你的某个人

但并没有。你坐下

在大海气味的轻盈里

灯光瞬间暗了半拍，你感到

自己在世界的外面

你接听了一个电话

但那头没有人，只听见

周围喧闹的谈话声：

明星的家庭纠纷。便利店在风行

而大型卖场在衰退。投资一部

大电影的美好愿景……

你仍然觉得，人们在反复谈论

一件早就发生过的事情，就像在

穿越一场宏大的雾。冷气不停地

吹往你的方向，它们越过你

在空气中游走而无迹可寻

你感到从前那个比你更快的世界

慢了下来。时间已被重置

"我梦见一个泳池荒废已久

枯叶填满了它……"

是什么在触抚你，并令你短暂地

跌入悲伤？你所在的这个地方

没有向外的窗户——

可能是在地下某处，或沙发上

凹陷下去的部分。你想知道

外面是不是下雨了

从那些携带折伞的人身上

你试图寻找雨水的踪迹

你总是——

时不时发笑，为一件突如其来的小事

感到高兴，感到失望……

像伐木者在林间歇息时的消遣

而音乐那敷衍的演奏始终没有停下

所有不打算走进门里的人

都不会从他们的生活中减速

如果他们扭头看你

也一定不会注意到，他们看见了你

你猜想——

他们匆忙，是在赶赴永恒的葬礼

昨日的他们已悄然死去……

2016 年 8 月 14 日

年轻人，请忍受一下

暂时，你还需要忍受一下

在可以忍受的范围之内

或者刚好超出一点，这没什么

就像可以承受海盐，可以承受灯塔的遥远

亲人离去，朋友疏远……薄荷味的烟

此刻正充满这间促狭的屋子

在你年轻的时候，不会想到

如今你选择在一间昏暗的屋子里住下

在城市的肋骨间，感受一成不变的节拍

要相信，所有妻子都会出轨。价格不菲的东西

都另有所值。即便很多失望交给我

美好的情景仍然可以想象……

我明白，这与你曾在诗行间描述的

一次伟大的航行——相距甚远

但你仍然可以忍受。把这间屋子想象为

一艘船。想象大海，和一切尚未枯竭的力量
现在我站在露台的边缘，边缘的边缘
目光越过很多很多朱红色的屋顶……

我想，你仍然会轻易被那未成事实的可能性
所感染，被空气中尚不确定的部分轻易地
推远，漫无目的地在大街上游走……
我也知道，你常常感到仿佛笼子里的鸟
心脏困在胸腔之中。但毕竟
航行才刚刚开始，年轻人

甲板上横七竖八躺着烂醉的人
你习惯在深夜避开他们，永远单独行动
在相对平静的晚上，你喜欢站立船头
感受大海在欢腾后的清冷，无常之中的有常
它带给你熟悉之后的怠慢，冷淡后的热烈
那暗无边际的律动，试图找寻某种完美的契合……

不等航行终结，你从梦中再一次早早醒来
身边依旧如常。昨日刚刚发生过的事情

一次谈判，一桩失败的婚姻……

它们就潜伏在梦中，偷偷从悬崖下面

爬上来，寄居到你身上。直到你

察觉到果实在餐桌上发酵的声音

不要妄想去追踪一个消失很久的人

就待在原地，在黑掉的舞池里。就在

与往常相同的一天，他会再次出现

仿佛从未走远。昨日的呼吸还凝结在

空气中，像一朵洁白的云

更有甚者，握手时的余温还在……

他再次出现，仿佛只是为了确认

他曾从你的这个世界里消失过

而你将再次与他结识，害怕他再次消失

你穿过即将失控的人群，要珍惜这一次

在他身旁，你说蓝色的梦话

要以一层无害的雾将他笼罩其中

但现在，你还需要忍受。就像曾经的你

可以忍受潮湿的南方在七八月间

满地的霉绿。门窗紧闭的房间里

钟表走动的声响，你曾默认

那是死亡嘶哑的呼唤。催促着

老人在梦中常常发出的痛苦呻吟

你甚至将其视为一种邀请

你要在这人世间受苦，只能以盲去看

以聋去倾听……等到那一天

在彻底熄灭的灰烬里，在松林中

一片枯寂的空地上面，终于

找回你失去的那个心脏

还需要再忍受一下，分别在得意的时候

和失意的时候。在海浪涌起和退却的时候

在憧憬，或失望之际。在生意人中间坐下

在酒徒的呕吐、厮打之间保持清醒

你是梦中仅存的浮标，而眼下

你所置身的，是一片再浮肿不过的大海……

笼子里，镜中的野兽已奄奄一息
就在你获胜之际，你再次被痛击
像被一个预言精确命中——
"谁都会倒下，在那一天到来之际"
一个可笑的老人踱步过来，告诉你
在大街上颓然倒下也是生活的一部分

2016 年 8 月 22 日

发言人

感到痛苦。声音的小翅紧紧地

紧紧地贴在窗户上，像哑光的漆

这是冬日，猫本能地

蜷缩在阳光里面

人潮持续向城市温暖的腹部移动

直至消散。声音消散在

建筑物巨大的暗影之中

像饼干屑。个别的鸟

仍然在寻找，遵循着气味觅食

在这个年代我们借用一种相对一致的

步伐行走。以同一副腔调讲述

同一个故事。观望同一个场景

爱同一个人，用同一句情话取悦情人

承受同一次失败。死于同一场漫长的灾难

——而我们并不知晓，各自隐匿于

迷人的洞穴。我们试图相互揭发

却各自在生活中累累伤痕……

我的兄弟，整个冬天我都在思念你

我想起那个下午你在烈日下缓慢地

挪动身躯，好似拖着沉重的行李……

（无法想象你已离去）我在阳光下的

死叶上给你写信，在夜里有野猫踪迹的

死叶上给你写信，直到听见词语被踩碎

（以为那是你的回复，它们金黄……）

巨大的雾适时涌起，终于笼罩住

保守秘密的针叶林。我回到雾中

你便会再次看见我。我回到回声里

2016 年 12 月 10 日

这时我们还年轻

绿藻在水中移动，如同我犹豫
往更远的地方望去，某种自然规律
正驱使一切自然地形成。包括风和雨
分别以不同的节奏行动。布偶的线
提控在某人手中，我们无法看见

——这时我还年轻，格外需要
一个人待上一小会儿。在房间内
如同置身荒野，感到气流在周遭
小心地运动。往更远的地方望去
笑声在变味，熟悉的纷纷转为陌生

灯塔已遭废弃，业已疏远的人们
将在黑暗中重聚，摸索着向前……
我们只不过是很快就会被忘却的人
速朽的动物。尝试把名字生硬地
凿刻在石块上，石块本身却正残蚀

2017 年 2 月 3 日

四

雨　汤

我教育我到膨胀，达到一种开裂
让本应到来的破碎晚一些到来
匿名的孔雀要吹嘘雨水

你隔着皮囊听楠木伐倒的声音
夜雨矫饰着古老的芬芳
扑向我的鼻翼——

街道倏然收束的一把光，动物般
惊惶的眼睛次第滑落，从翼与翼
之间，小心翼翼

至少，至少再提及两次火焰
在汤里除去入味还是入味，除去
雪白就是挽别，余晖的金泽点点

2012 年 4 月 19 日，午夜听雨

十一月三日，厌雨

雨水吃掉了可笑的话音
人们的吵嚷多余，购物的
终结淋碎了黄昏的生意经

我也曾在臆测中抽丝，看一张
白纸有多洁净，人们如何沙沙沙
摘抄奉为至理的谎言

洞穿洞，说迈过可达到光明
说沉湎之事是不可清数的沉砂
巴士载着动物园下班的饲养员

肥胖而摇摆，回到疲倦的家庭
松下皮带，喝啤酒，看演员饰演
演员，在电视里相互抚摸、追杀

那时海滩便松弛下来，所有浪潮

是遥远的堆叠，幻想一个婴儿
撑着伞，独自行走在浪尖

也是密林，如果心中无事就会
等来冬天，会有海狸从疲乏的岸
登陆，抢手过上一季的鲜花

我也会定居在高地，时而去湖心
游泳。被黑夜禁止的灯火窸窣
我如何适应窒息于花粉的恬静

2012 年 11 月 3 日

晚餐：雨

我依偎

细雨里的臣子抱首恸哭

我裂开

每次修复昆虫的复眼

野兽迷上了我

捎给我烟叶与歧路

雾气里笼满胀痛的花

发酵的食物

有别于羔羊

沉没于晚市的大海

喧嚣榨碎了

饱满多汁的黄昏

重影的，节肢动物的
视觉。黄昏

某人的罪，消肿于
冒雨的别离

我的心到底筛出了
好看的果实

2013 年 5 月 8 日

出雨季

我认识每一场雨，重要的
不起眼的。叫得出他们的名字
知晓他们如何行动，性格与寿限
——葬礼有一半在深夜，不事张扬

那时人们都已在忧郁中睡下
由于持久的倾听，我已渐渐习惯
他们的语速，就像熟悉马的步点
知道他们将在何时转向，脚步停歇

感受到他们的忧伤、喜乐
将布阵何地，形成大小不一的水洼
坠入哪座深渊。甚至于获悉，他们
必将跟随一阵风骤然落在谁的头上

诚如避让不及的命定之事
被创造，也被误解，被恶言痛咒

也被翘首张望。一生中纷至沓来的
破绽不分昼夜，足够编就一本勘误大全

最终将流入哪条阴沟，去往哪条河流
带走哪条染疾的街道上病快快的尘土
带走不快的人和慢得令人沮丧的爵士乐
空荡荡城市里的废弃霓虹，破碎的拥抱

（由于造成不便）他满怀歉意，在某个
无人处寂寥降落，像等着谁。令交通堵塞
雨伞不自觉满拱起，手机淋坏，人们无法
通过透湿的电话簿取得联络。悄然旁落

——不知所踪。在大雨里曾丢失过什么
你就会梦见什么：深色酒馆，白山丘
一株刻坏的水仙。去大湖里游泳的人
永不归来。在遗忘每一场雨的同时

你丢失的每一件东西，雨都会熟记

2014 年 7 月 20 日

雨中人

亲爱的雨中人
满身污点、泥泞，无形的
怀抱，穿过影子娓娓而来

是异乡人的语言
那赤忱的火焰，在大雨
暗哑的脊背上死而复燃

亲爱的雨中人
这里是筛子而不是雨伞
是一个盲者指挥交通蔓延

位置犹疑飘忽
雨水戴着锈迹斑驳的手铐
像无主的灰狗游荡于街尾

亲爱的雨中人

高悬的帆正向一侧涨满

空无一物的镜子上撒满

银色的长钉……

2014 年 5 月 5 日

灯芯绒，苦星星

世界漂满了不能信任也不能

搭载的浮冰，鸡尾酒。逶迤的软

爬上街道入夜的巴士，我捧着

我的脚行走，我捧着墙被推翻的一侧

在酷暑的裂波中行军——

灰尘吞没于火焰，星星在鸦群中

冷叫着松声，于是天空阴郁

不祥之云产下怪戾的阵雨

浓妆之下，一颗假意的心

是否有所托付？大海上游轮徐行

而舒缓，失明的乘客是我

不止一次在封蜡的眼上敷满

古老的余晖，苦杏仁是我，我懊恼

拷打自己，在甲板上与另一个人

角力，交欢，并为欢呼声而觉羞耻

破冰崩塌，我抵触那夸饰的胜利——

但与你遭遇在促膝长谈的夜晚

所有浅的沙子在身体中流动

另一些淤积入渊，有人禁火

时光令我们迟缓，在犹疑中游弋

踏入密沼的丛林。我们往返于此

桦树与桦树之间，那在灯芯里

剥落彼此的凝视。可听见？

——失传的福音在空气中的传播

我捧着我的嘴唇，默读凉荫下

垂手的期待，我提着溺水人的画布

在天桥下走动。南瓜灯，盲人在

人行道上，拐杖击打着柏油的反光

我提着我的头颅却不窥看，眼中

噙着幽泽的灵光，久违的舞伴

如果在雾中藏匿太久，会不会失去

保鲜的期限？从来都是消失于

同一场雨后。雨后街道会愈合

人们必然走上潮湿的伤口

人们举杯，为幕间剧的庆祝

为彼此逃离的编织，为谎言的荒原上

一道极目幽暗的闪电。颤抖着

飞扑着信鸽的新奇，深河里不能

宁息的涡流，我尝出群星的苦味——

凌舌之苦。晚霞的丹炉炼出长生的灵药

2012 年 6 月 16 日

在灰暗冠冕下

在灰暗的冠冕下
住着新泪，从杉顶
跌落。为了勾兑黑暗
我再次被掷入大海

如新镀表色的侍从
沉默应对，轨道两侧
树木交加而来有如恫吓
肃清黑夜多余的内容

是谁令我满身带刺
不发一言如坐深渊？
是谁声称我们出生于
荒野，从来被迷雾裹挟？

2014 年 7 月 7 日

蝙蝠故事

昏暗的房间，令他形如蝙蝠
蝠翼如黑幕帖服身上

他是深居的盲者，由声波引导
折返于无尽的物体、无聊的杂谈
与无趣世界低矮的屋脊之间

由那流动的状态牵动，为何
又在迷雾纷呈之时堕入空旷？

像失足坠落的人，从未拥有
猛力撞击地面的体验，他正尝试
去往不明的空气之中

那模糊、变幻、看不见的爱
包裹在朦胧的微光里，松垮的物体
此刻她仍不停移动，使他的飞行

沦为已逝时光的参照——

笨拙，而蒙头乱撞、使他受困于

夜间，永不得沐浴白昼光芒

2014 年 7 月 8 日

既视感

我去修好琴，一根弦断裂在
她体内，我去扫拢落叶
让她感受到冬日的温暖

但骄阳胜于我，鱼也胜于
点燃她酒窖中沉睡的一宿
捕获她的虹跌落池心

我仿佛去过那里也离开过
我仿佛有，但却不能提供
让那笨拙的斑点幻术般现身

我是说，稀释的暮霭令街市
舒张，那幽幽裹胁着而冻结
那松弛又遥远的夜如此平坦

我是说我每次都更接近

那警惕但也安全的黄昏

水鸟向湖面抛下毗邻的消蚀

2012 年 7 月 18 日

鹳 鸟

我梦见绿波纹,有人说下雨天就阴了
电话里我听见杯碟落地,河床的
阴影扑朔,刀鱼刺痛了夜晚

由深水区走向浅水区的人,淌湿了舌头
我要当几天赌徒,或者出一辈子海
挥霍完剩余的黑色

汗津津、湿漉漉向你走来,中途迷过路
也走散了伴奏的人,像一只鹳鸟
没有爱情,却等待着离别

2013 年 1 月 26 日

175

为了乡愁的远行

我们出发时天阴着，没有鸟在
空中。走着走着，鸟出现
在头顶飞旋但不下落
分散但不聚集

直到我们走过青苔林
下到湖底潜泳，鸟也下到水面
气定游弋，我们错过也盲过
因而格外热爱阴翳的凉白

我说过我要去医院看望一个病人
市集有人等着讨走我的天鹅
回收蚕蛹的人如今身家过亿
卑贱如眼泪只能寄生在夜晚

蓝，更蓝的蓝，桔梗花，入药的
入药，入梦的入梦，还有多远？

为了乡愁的远行。如果我们死了

谁来代替我们走动和休憩？

如果我们好好活着

好好地爱，不会溺水

准备一件美好的小礼物

等着你出现，天色已晚

我们死了，鸟也停留

整个晚上不出声

像一件寿衣在昨夜熨平

铺开，在棺材的桃心里

鸟除尽它的羽毛，像燃烧

过后的灰烬，鸟吞没

又吐出凹凸的骨节

陈列它童年以来所有的首饰

我奇怪，短寿的鸟居然活得

比我们久，白发人送走

黑发人，立在街口，摆动他

有力的胳膊像飞行中的振动

2012 年 8 月 30 日

悼 鸟

恐怕我见过那只鸟，它停顿过
像是犹豫，要不要下来
跟着我的祖母走了一路

在炉灰的顶端稀薄的云彩里
是黄昏，笼络住它的喙
啄星星是治疗深夜的妄想

祖母咳嗽，就会有煎枇杷叶的
味道，下雨天更加浓烈
我去看小院内新发的蘑菇

和祖母耳垂上的首饰，凄黄色
泥地上缝着密密的绿苔
那只鸟屏息，在东檐下

敛住羽毛，静候祖母从夜晚的

淤塞中离去。它犹豫，喧哗，祖母

不动，出殡的队伍抬着她走了一路

2012 年 10 月 14 日

逸 蛇

我相信那些驯服的斑马
我相信，爱情就是
彼此嵌入而少些损伤

麦田里的妻子让收割变得安静
像一次割破，对于空气的
或孔雀绿的割破

让镰刀柔软，满足于
他安全的任务。弯腰接近透明
——事物藏身于日光与衣裙

飞鸟常来，在秋天
如奔丧于晒谷场的幽灵
我招待他们以大地的真实

我打听，有什么在廊檐下游动

我听信一个时常谣传的人

他说：蛇来，雨水就来

2013 年 8 月 27 日，汕头

不 洁

我不怕脏，但大多数时候会逃跑
我不厌恶喜剧，所以能缓步人群之中

我照看一名尼泊尔孤儿，流下鳄鱼的
泪水，盛装回到独居的住所

我承受每次延误造成的损失，过滤
冷水的浑浊，向所有骗子快乐地撒谎

那些痛觉坠入轻微的游牧，那刺杀
玫瑰的人，卷入恐惧的枯萎，习惯于

颤抖的花蕊。一种滑行，出生于未来
像所有谈及羞耻的人是潮湿的

天明训斥了夜晚的空旷，说不洁，垢
动物们离开，说所有淤塞不过是巧合

2012 年 11 月 6 日

清 洁

我们混入一群可疑的人，他们吃石头
吐出某种晚霞的污秽，夜晚是最后一个
抒情的场所，宣扬沉默的人嘶鸣着，闯入
潦倒的超市。货架上堆满蛇、石灰和鱼罐头

最后的通道艰难，仪式上总有人无端张望
竖琴被人们瓜分，每根弦都分别勒伤了一个
婴孩的脖颈。母亲们揩哭泪眼，说起受旱的
国度，谁此时点燃断烛，就令黑暗动人心魄

曾漫游在内心瘴疠之地，以为是清洁造成了
疏远，以为是无味的海潮疯涨，斥退了胆小
而不敢下水的人。徒步走向耗尽的火场
新的屋脊如搁浅的巨鲸，在我背后冷笑

2012 年 12 月 12 日

橡胶树

我有三个秘密，一个也不会说
连剩下的鱼骨都不吐出来

你恹恹看着晚霞的时候
一片不能游人的池塘小心漫上来

吃力地说话，胡须星辰般浓密
鸟类正当的呼吸多于抒情

治疗的时辰，你熟悉了草叶的孤独
药的孤独，雀斑一样友好

细雨淋碎了鸽笼，我们阉割了的
眼睛，看透了烟云里的猴头菇

你认识那个割橡胶树的人吗
看看我，看我这双割开的眼睛

2013 年 5 月 12 日

晚安，蓝绿色

你一点醒来，世界凉而无痛
一条街赤裸着游动，没有人看见
没有人提醒你，他就要消失

当你醒来，两点钟，世界是旅馆
但友好关闭，行李彻底打开
车站的梦魇里流淌着鼾声的原野

有人把一只鸟献给它失去的羽毛
没有颜色，但值得收藏
暴戾的天空舔湿了狗的哀吠

我要打磨清楚那面圆镜
为所有原谅了棱角与透彻的人
我要低低走动，看望群山的侧翼

我新鲜，鱼市般拥挤

烟火坠落，我有空旷、失色的
一夜，有比海更安静的酒水

我闯入误以为是的成年生活
你三点醒来，海潮又一次
咬蚀你，你与谁对视？

除了下雨。直到潮水退却
一个人为你，燃起他
体内蓝绿色的火

2013 年 8 月 27 日，汕头

新舞会

有人离开的时候，气候转凉

舞会也恰恰开始了，蓝色与红色的

光——浮割，转换，一道动情排列的栅栏

光如饱食发酵苹果的马而来

宰制漂移于穹顶之下的人们，这是夏日的

葬礼，船舶道晚安，雨水有必要四处游荡

押解那逃离者的眼睛。酩酊大醉

让街道认出彼此，瘦，如山石中的巨犬

在大瀑布下哭泣，繁复如雷声喧哗印刻

两个独行而石化的人，像两棵树

在旷野的一夜倾向于离别。有人说

死后身体凉爽，有人说死后灵魂便于走动

2013 年 10 月 5 日

顽 石

年轻时我曾四处浪游
死亡亦未令我褪色

唯一能回想起的是
在林中躺下，像一块顽石
树林洁白的心脏停止了跳动

心脏在身体以外跳动
有人将它回收，连同
黑夜对逝去时光的想象

那些树林之外的街道
由于被霜雪新镀过
而尽显陌生

小动物温柔地捕食
破晓前银蓝色的薄雾

迷惑了两只鸽子

在冬天的一个星期三
可能要告别一群舞蹈的人
感到四周荒谬的身影晃荡

昨天，像一张张皮
薄而冰凉，被我穿在身上

2015 年 11 月 18 日

入睡方法

每晚我都捡起海浪，时常是些碎屑
每晚都要走尽长夜，去见一个在风里
抽烟的人（他也在风里咯血）

金鱼死于接力（终会竭力而亡）
刀锋削出了漂亮水果，但愿舞女的
生涯颠沛也足够柔韧，能长久也短暂

独居的人最晚熟悉拥抱，清洗的钟表
长寿，一个人决定剪裁他的长发
必然终结了断翅的扑飞，芒果的光芒

哪怕喧哗融化了金丝雀，寂寥分娩出
绝妙的清酒。夜晚不允许沉默停缓
观看的人保持转动，便不会结苔至街尾

2012 年 1 月 3 日

冬　眠

踩痛了雪想听尖叫，但没有
折弯了腰也没有

最深的洞穴里，什么也没有
你最好不要打听

那些小药丸和白矮星摆在一起
就在桌子上，酒杯紧挨着手镯

还有个人经常哭泣，也经常走动
像入室行窃的人一样带走暖光灯

故事里总说远方啊远方
你最好不要去了，也不要唱歌

看看那些花枯了没有，我得为
醒着道歉，我开始想念我的死亡

2013 年 1 月 28 日

新春颂

仍然朝向那些不听我说话的人
宣布我的沉默，我习惯称颂
听从那细腰蜂的谎言

花园生来为了凋谢，天空掩护了
新婚的鸟群，泼洒颜料令岸乌紫
冬天之外还有河流冻死

在发苦的夜里消化杏仁和眼睛
我关门，令年岁催情了胡须
时常失手修剪多余的树枝

2013 年 3 月 13 日

春天不以己悲

涂满药汁，漆绿我们
半瓶晃动着的身体
一份无用的契约等待签署

无色，无味，无法挥发
挥舞着螳臂，指挥
暮日途穷的风车

昏聩也有可能，浅尝
也必要，多少留给我
些许填饥的小饼

魔鬼弹奏着弦外音
多雨的温柔足够
使人细密绵长

此时，天空里的刺客

笑空了口舌

天空是一面
没有看见我的镜子
免于战火但缺乏惊奇

我这就沦为一个
痴梦里的歌手
唱些回收自街尾的哀歌

2013 年 4 月 27 日

夏日赋形曲

独自游泳的日子

海水有些许荒凉味道

盐和塑料之味。当鱼群遗忘

这里是群鲸的墓园，水母通体磷光

暴雨击打背脊

腹中空空如共鸣箱

渴望岸而岸却推远，推近的

是时间的镜头，看我泳姿笨拙变换

屋顶已被人弃置

八月的北京多雨，寡情

可笑的陆地绵延，闪电突破云棘

那绝妙的透视正通过拥挤的荒原

向我透露。拍摄我

黑暗中为我补光，戏里

凭空多出一个蒙面角色，及蜕之蝉

一旦捕获，便接近万物遗忘的时刻

2013 年 8 月 7 日

公园弥撒

1

我曾是个点灯者
发光，或者放火
如今我扭转如极光
如今我蹈火，打动
每一只不准确的狐狸

像通灵人一样开口说话
轻微的痛觉已不能触动我
如今我不妨碍任何路人
不牵连霾里的风景
像无知无觉的雨滴透白昼

2

人们安睡在那里

沉默的天赋并非人人具有
不连贯的，轻佻的屋顶
在这一夜彻底翻空

任凭死亡在其容器内
呜咽发声的……

无可名状的，玫瑰般的飓风
木讷的事情恢复哑语道明的
本质。指认我，尤其当我
落漆，消退入斑驳的阴翳

她只是不能冷冷旋转
正如最终证实一切沉默的
是名世袭的死亡证人

3

在危险中，我们谈论
另一种危险，意味着到达

199

另一个领域，死鱼味浓郁的
水产市场，或南方，鲜花疲惫

空气中不能切割的漂浮物
承载着我们的灾难和爱情
大于哀求的，耗费彼此的
一次荒诞的劫持

更多时候，我们习惯了
环路拥堵，和漫长的沉默
在等待"电饭煲跳那一下的时刻"
在九点钟方向，"半支烟的工夫"

在力所不能及处，正爬满
佝偻的天光。够了，够了
有生以来的每次火焰
都止步于灰烬的冷

冬天是漫长的孕期，干瘪的天空
收容了我每日的惊奇和意料之中

我崭新，但空无一物，我离席

如同一个本不该到来的人

2013 年 11 月 24 日

雪 场

不必有星辰照耀，荒原上
从不缺夜行人。建造房屋
为某个无家可归的人
冰川猎取踟蹰的步履

在不寐的山谷里独行一夜
必不是为了另一个旅人
由于失眠，我的身体失去
作为物质的最后一分重量——

雪，神圣的播种……
在大地无法丈量的新寓所
有人渴望平淡无奇的故事
在食物的温暖下，公园迟早死去

北风封锁了群兽动荡的眼睛
它们自言自语，为雪地上的划痕

感到不安。我便置身雷同与迥异之间

多于，或常常少于一种天真的需要

2014 年 2 月 8 日

冬日小镇

小而甜，正如大而无当
生命在这个小镇上
如往常一样寒冷

新植的一片绿，在砍伐的白
与喝醉酒的人那浓密的
斥笑声中抖瑟

"街道行至此处巧妙转弯"
变得狭窄，稀罕的编织法
有人低坐着烤火

那众人砍伐的圣诞松
挨个立在路边，像在为节日
默哀，土壤为它们遮羞

一只鸟落下来，停靠在

树端，整理它不安的羽毛

等待我们安全驶过桥梁

2013 年 12 月 6 日

信件查收

1

遗憾的是，夜晚并没有
变得更轻，像没有下过雪
你也从未写来长信
我手捧一阵空无，噤声默读

听上去，颇有些意外
事事都必须发生
松枝受尽严寒的责备
时间总会妥善安置一切

2

我们对死去的人感到好奇
胡须再长一寸，时代便隐藏

金黄的土地，我们必然丰收

谷仓里堆满阴郁的粮食……

3

把群鸦喂饱——
两头轻而中间重。唯有
通过销毁的相册，可以辨认街景

那手术刀的，绞刑架的
手脚并用的木偶们，保持着
某种古老的习惯，他们擅长向过去学习

守旧意味着漫长。我们忍受短暂
但至少愉悦的飞行（夜幕填满星星般
肮脏的斑点）。你语义含混
自命为先知，多少年来露宿于地下……

4

空气被一再转移，吧台的酒水

分别倒给不幸的人，因不幸

而感到幸运的人

因发热

而一再逃避季风的人

——伟大的分餐制

5

"抱歉，那是另一条支流

荒蛮，无人认养

也无人照顾"

读完这封长信，你哭了

像为另一个人——

风雪中，一个与消融从来无关的人

放下吧，放下
黑漆漆的吊桥，在潮汐车道
夜晚又一次无约而至，刷新了我

——羞耻，或无疑
弓弦松弛。我可以忘记刀刃
观看每一次锐利但必要的划破

6

终于慢下来
灯光获许成为
黑暗的边境

飞着飞着，落地的日子
天空将安排葬礼

这是呢喃的时刻

风填充羽毛的时刻

种子扎根墓园的时刻

悔恨不够多，我不够干净

但至少保持着死亡的洁癖

2014 年 2 月 8 日

说吧，惨绿

种种人，发出怪声

在这里面游泳

在一些坚硬里面游泳

没有时差，没有风

没有丝毫变软的可能

河水里有我不了解的

年轻，和发情的灰

有皮肤病，和他们的孩子

住了很久并越来越白

煮出一种透明

宽恕我们

这些刚刚得到痛苦

并感到新鲜的人

尤其在被默许沉默的午后

发痒的喉咙绝望如惨绿

2014 年 3 月 24 日

暗　涌

持灯者认为

她扼住了暗夜的命门

孤悬天际，星群伟岸不事揣测

更大的黑暗将不迭涌来

如每一次新生的潮水洗澈心扉

唯有炙热的苦艾酒沾染着

遗忘的气息……

唯有夙夜不眠者夜奔于荒野

惶惶然，折服于盛大的梁尘

整条街道黢黢无人

此际，酒馆的洞穴仍深不可测

舞裙之底藏掖着花朵溃败的秘密

2014 年 4 月 30 日

毁掉一切，说一切很美

终于浮现出来。很多笑声

我们听见过；拾穗人在平息的

波涛下面发出讯号

——诸如短视者的预言

与无神论者不得已的告解

一次收获，并不能意味着更多

杀戮发生之后的秋天

我们总是面无表情，裸着身子

在神的注视下收割彼此

——果园里没有果实可以收割

房间的布局总是被改变

家具、物件不在它们的位置上

在墙壁与墙壁之间

是侍者如常行动的步伐

在由小蛋糕构筑而成的

美丽阴影下面，是一片无声息的

小面积的海。我们在空的餐盘上面

留下一小撮盐粒

幸存者的余生，美好的

已破坏殆尽。你听见过很多笑声

现在那些疲倦的小生灵

凝神不动，如入夜的萤火

诱惑我们走入荒草

——待到与之等深。我们坦然走入

自我的荒废。在失落的源头寻找

失落之意义，却再一次失落其中

蓝天上的十个哨兵集结在一起

将以同一场污秽的雨羞辱我们

——以甘霖的名义

后来我们拥有更多失眠的夜晚

病态的灯光让这一带的房屋

显得格外苍白。我们关闭了诊所

不再对不治之症进行无望的疗治

我们清空重重烟雾里的大多数欢场

多多少少有些疲沓的影子

直到很晚依旧在街上游荡

很少的噪声；很少的发言被认真对待

——这是失语者的辩论赛

这是全无天赋者倾力投注的陌生技艺

我们总是走进同一片沉默

将死亡的海浪又一次推向

窒息的边缘。我们将在身体末端

保留痕迹：很少的瘀青，很少的涟漪

我们毁掉一切，说一切很美

2017 年 7 月 30 日

失 语

来辨我，雌雄优劣

静物疯狂疾走在碎石路

动物纷纷沉默，昨夜下雨

些许漆黑的人流泪，凝胶入水

那鞋钉掩盖下的欲望知更，缓步

进入怀孕的黄昏，池塘有人投水

松针抵住鱼游的尾夏，亵渎更快

也更好，只是要卖弄那不能食的火

更多人宁可枯黄，也不吐出口中花刺

2012 年 10 月 28 日

冬　青

1

兽群中，独独酿我成酒
迈步风场，摇晃我
一条碎流河

灯打破黑暗，我枯竭
坐忘年深，尽岁而歌
待我扎根入土

织脚成盘丝，错结多情
漫漫山河积冰雪
春来发几枝

2

一条河流淌而过

向鲜花、我倾斜的街道

告别——

凭借一颗

鸟心

大海不过是我

翻动满纸伤痕

陈旧的字迹

让我祝福你

仔细研磨那些粉末

直至他们更小，小到

抽象，不知所踪

小到你我不说，仅仅是

知道，他们存在着

3

如果你不燃烧
爱，就像是
凝固的蜡

4

我有过穿墙而过的痛苦
我有过大雪封山
十年如一夜

我运用腹语判读
鱼群的心，随洋流变幻
我迁徙，丢失了荒凉菜谱

和失重的花园
驼背的风要结束这些
偶尔，石头在河岸鸣叫

火终于被呵斥至暗淡

醒来了，在低处感觉到

大雪压住屋顶的孩子

如群羊坐垮了大地

他们仍然惊奇，白色的

荆棘：雪被低估了……

2014 年 1 月 8 日

奇物之爱

奇特的，像是不可弯折的脊骨
厨房里我切开水果的形状
我命令冰山离析四去

去游泳的下午，山上的果子
醒着。我们的想象不尽相同
温柔如一次次破碎的晚餐

渴望在夜晚抚摸山峦的曲线
我们将在尘土之上
捕获命定离奇的爱

他们会面临镜子中的一棵树
扎根于盆骨之中。他们吐出雾
像平原活在不真实的往事之中

活在尚未发生的事里

某个时期，那尖酸的、刻薄的爱

将一再被引用，万物将荣光

投射于我们细稚的阴翳

任由那蓝色翻卷的热情

将盛大的海耗尽……

世界，我仍然是你满怀爱情的

赤子，是你忠诚的流浪汉

我是你所有夜晚的不眠者

所有火焰的灰烬

所有不确定的音信

叠加而成的阴影

2015 年 7 月 15 日

悲哀之诗

让我把火焰

举得再高一点

就能越过灯塔的光

看见你

就能越过

群鸟构筑的语言

在树林的另一侧

河水梳理

所有在初秋

黯淡下去的表情

明黄与绯红

写入晚霞的肌理

让我在悲哀里

在循环往复的街道上

寻找你

重复你不愿透露的

一位旅客的姓名

让我沉默地

坐在这里

像一座无法移动的冰山

内部，沉重的一小块

像一粒盐

消融在海里

像是病了一样

躺在沉睡的床铺之上

一件被展示的身体

像标本没有生命

只有他苍白的肖像

让我在无能的风

吹过房间的时刻

直立起来

像蜡烛在黑暗中

提出熄灭的要求

像一群即将被捣毁的

雕像里的一座

像夏天一样

终于消失在秋天的原野

2015 年 7 月 28 日

对焦不准

可能在一天中的某个时刻
他感到世界的重量压住了他

狡黠的时刻。转身时
时间迟缓得像个忧伤的醉汉

他感到纸张的无穷暴力
和险要之处，印刷术的圆滑

接通电话是漫长的沉默
和电流语义含混的声明

野蛮的送餐人挥舞着纸钞
说长日将尽

河岸上鲜有最近的雨意
枯燥的作业仍然在灵感的泉边

展开。在一个明晃晃的下午
玻璃的反光像刀子四下搜寻

破了口的心。一台过热的相机
试图以其不定的焦点确定我

2015 年 8 月 1 日

偶

不必拉断提线
从这灯火闹剧中挣脱

不必从海因险峻而显得
平和的一面，走向审判席上
他被泡沫拥簇着的

暴烈的一面
不必因潮线褪尽
而向未来的自己道歉

不必哀叹某种热烈的光
从我的身体上疾速剥落

像一枚旋转中停止
从而失去温度的陀螺

——被无数次描摹

但从未显影的脸孔

在热恋中升起又行将消逝

你必要

穿越街道至僻静处

你必要向午夜幽深行动

2015 年 8 月 21 日

试 炼

在一个过度拥挤的房间里

只是声音。保留下来的

一段空白。有人来过

从没有人离开

所有人带来了他们的租契

聚在一个结局里

也许，夜晚多少还会感激我们

没有施加过分的明亮

就只是故事。关掉电视

我们又一次转过身来

一切在雨中显得孤僻

受人爱戴的蜡烛向它的底

不断坍塌。昨天我们还在说

"当你变得辽阔……"

现在，我们谈论的

恰好是人们避免听见的

现在我们传播的

正是人们习惯躲开的一种疾病

现在我们把多余的声音

分发出去，如同分发某种特殊气味

使之充满整个（黑黢黢的）房间

我们不按照约定游移，不断碰撞到

彼此的手臂，像摸到礁石那样

抚摩彼此的鼻梁。桌子下面

大海不断弥合，总有人换气

在家具的尽头偷偷呼吸

——我们在黑色里

苦炼另一种黑色

当然要放宽脚步

不再大声说话

就好像石灰粉末一样的爱

也是从某处偷来的

记忆也是——当它不在那里

一定是我们中的某些

也随之消失了

2017 年 10 月 17 日

不 决

向一切我并不属于的事物敞开
向不急于揭穿的谎言坦陈
向并不置身其中的队列
友好地行礼

为烈日造像，为烈日下
壮丽而去的河流

向它渴求之地伸展的躯体
向它消亡之处指引退路
它曾在那里，犹豫不决
——坚定的果实

它曾是庞然大雾之中
蜷缩的小兽

周身洁净。涨满它自身

成为灭顶的海。正因归于

注目的寂静，它必要弯身

向汹涌之光展示黯淡的时刻

2016 年 3 月 1 日

野外航行

发光并冷却的知识。冷水里
发光的鱼依然是我银色的命

如暗地里的积蓄
一种沉默不容辩解
但不会有治疗

四次上升引领我来到
人群之底。住在山谷里的人
踊跃，抓住雨幕间的烟

被永恒的决心无限推高的塔
在它应有的高度之上
将它的尖顶朝向我

一阵不鸣的雨撕扯着
向迷途中的野马指明退路

它再次困惑于无形的海

我看见水在她身体内枯掉

我看见锋利的石头暴露出来

2015 年 6 月 17 日

大会堂

那年有许多皮毛翻滚的声音
老街里蹲着许多警惕的金毛
嗅着来往路人身上发出的气息

天空带着雪意，煮玉米的妇人
扎实地裹在粗线麻布的花纹里
只有车铃铛与卷帘门的交响

熟悉的地幔里生长出瘦皮影
黑白盆地里不透风，熄灭暖炉
从穹顶上瓢泼而下的是瓜子壳

新年的钟声，手影在荧幕上舞
皮质座椅热浪般翻叠，重合着
恋人把彼此的头埋入对方身体

结出厚厚的脂，凝止的露水

像化石，陵园柏木间乍然小道

惊雀闪过，似不肯停栖在松顶

这是童年的浓荫，遍布尘埃

这是拍打着海岸的尖叫浪潮

大会堂是迷人山谷，种满绿衣

2012 年 1 月 17 日

结 局

我可是最后一只羊

喜于盘算

无果的未来?

我可是啃噬着露根的

最后一株草

面对悬崖陡峭的饥荒?

我可是最后一把椅子

旋转，旋转，旋转

直到椅腿折断?

黑黢黢的午夜

终于有一个人把他的

怕与爱存入我的体内?

2012 年 8 月 1 日

后　记

十多年来，始终保持着一种近似深海的写诗状态——它私密，多表达内心所见，除了海底的鱼群与鲸落，亦可通过潜望镜观察海面上的世界——一个单调、枯燥，同时又隐藏着一万声大笑的迷离、感伤的世界。

诗写出后便如封印般久置，很少去触碰，更别提漫无止境的修改——于我是这样的，对于那个时刻所感受到的，使用那个时刻所以为合适的话语去表达，恰恰是诗歌的一部分。人们总喜欢美化残缺的部分，或水果千篇一律的成熟滋味，而在这些诗作中，只要你留心，总能看出三两处紧张、酸涩、可笑的地方，但这也是我，不经矫饰、笨拙的我。

从未想过《年轻人，请忍受一下》这首诗，能在短时间内被那么多人读到，这要感谢和菜头和他的"槽边往事"，"新世相"的杨杨和"读首诗再睡觉"的黑手李小建（也是我在"一条"的诗人同事）。是他们，帮助这首诗找到了更多像我一样的年轻人——它原本只是我和舅舅关于职业规划的一次漫长电话辩论的产物，是被我在半小时内写出来一字未改贴在朋友圈的"意难平"。正得益于它，我惊讶地发现，我那些深海里的诗当然也可以激起旁人内心的波澜——有那么多年轻人和我一样，在承受我们这个年纪需要承受的压力、挫败，当然，也依然对美好的情景怀有想象。

也正是因为这首诗的机缘，这本诗集得以面世。这是我第一本正式出版的诗集，编选过程中，我有点害怕重读这些诗，那副模样总感觉像一个事后的智者翻阅着另外一个什么人的人生，一份沉甸甸的档案，饱含往昔年月的丰饶与凋敝。许多时刻，如深海中的水母闪烁着微光，就这样在言语的尽头悄悄浮现。

从上千首诗里挑选出一百多首来，对我而言是一个艰巨的任务，感谢武汉大学出版社的周昀、赵金给予的体谅与巨大帮助，感谢设计师邵年为书的装帧设计付出的心血，在诗集出版过程中，征询过不少朋友的意见，一并感谢。以及，多年来帮助过我、激励过我的人——是你们，年轻人，让这本诗集成为可能。

2018 年 11 月 5 日，上海，康健路

赫赫赫

惊奇 wonder
BOOKS

年轻人，请忍受一下 　　出版统筹　周昀　｜　责任编辑　张玉琴
NIANQINGREN, QING
RENSHOU YIXIA 　　特约编辑　黄建树　｜　封面设计　邵年

图书在版编目 (CIP) 数据

年轻人，请忍受一下：丝绒陨诗集 / 丝绒陨著 . ——
桂林：广西师范大学出版社，2024.4（2024.8 重印）
　ISBN 978-7-5598-6694-3

　Ⅰ. ①年… Ⅱ. ①丝… Ⅲ. ①诗集－中国－当代②摄
影集－中国－现代 Ⅳ. ① I227 ② J421.8

中国国家版本馆 CIP 数据核字 (2024) 第 011699 号

出版发行　广西师范大学出版社
　　　　　地址：广西桂林市五里店路 9 号
　　　　　邮编：541004
　　　　　网址：www.bbtpress.com

出版人　黄轩庄
经销　　全国新华书店
发行热线　010-64284815
印刷　　苏州市越洋印刷有限公司
　　　　地址：苏州市吴中区南官渡路 20 号
　　　　邮编：215104
开本　　787mm×1092mm　1/32
印张　　7.875
插页　　10
字数　　120 千字
版次　　2024 年 4 月第 1 版
印次　　2024 年 8 月第 2 次印刷
定价　　68.00 元

如发现印装质量问题，影响阅读，请与出版社发行部门联系调换。